Yume - no - Kaseki | Kon Satoshi

梦的化石

—今 敏 全短篇—

〔日〕今 敏 著　焦 阳 译

北京联合出版公司
Beijing United Publishing Co.,Ltd.

新经典文化股份有限公司
www.readinglife.com
出　品

目 录 | CONTENTS

カン
ギッ
我有些累了。
嗯，那就休息一下吧。
呼
阿杉拜托我做书柜，必须得开工啦。

嗯——唔唔唔唔唔
哎？
啪哒
安，脸上使劲没有用的。
要像这样。
太使劲脸会变难看。
轰隆！
他回来啦！
喂！阿杉！

早上好，小安！
摩托车借我用一下！
可以借给你，但是傍晚就得还我！
OK!
我也一起去吧。
好了，我只是去托个人办件事。
会在傍晚之前回来的。
哼

雕　刻

在一场大型战争后，
人们舍弃了被污染的街道，
搬入名为『CITY』的新都市。
但是普通人中
出现了拥有微弱超能力
的人——异能者。
普通人忌讳他们，
将他们驱逐到环境污染
稍有好转、勉强能够
生存的旧城市。

他去哪儿了呀……
哇！
啊，对不起。原来你在呀。
『你在呀。』这像话吗？
抱歉。
你看上去心情很不好。
安在哪儿？
在涩谷。
哈哈……哈
她没带你去，所以你不开心吧。
哈哈哈。
喂，圭！
你知道N大楼里的人去哪儿了吗？
圭！

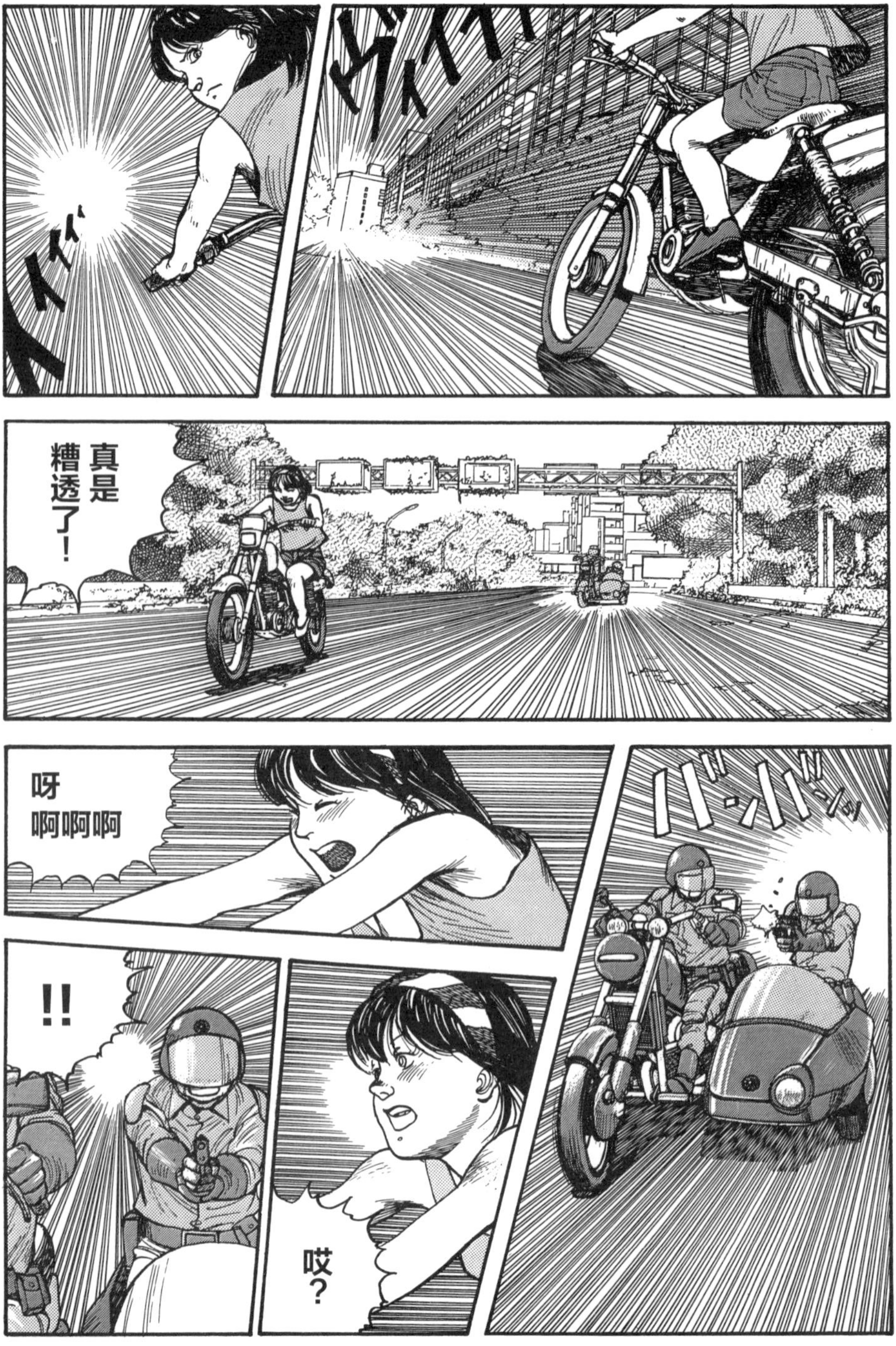
真是糟透了！
呀啊啊啊
!!
哎？

啊呀！
ザーッ
呀嘿！
可恶！
她看穿了我们的想法吧……
是啊……
没关系，她并不是厉害的异能者。
呀，你是？

你看看你！
我说过要和你一起去的！如果我在的话……
不是的！我想说的是……
为什么最近有『CITY』的警察出现在附近啊？而且有……
奇怪的传言？
据说有好几个人在涩谷消失了……
就算是玩笑，也不能掉以轻心。
这么说来……
你知道N大楼里的人去哪儿了吗？
按照我的推理……
这是因为……

啊哈哈哈哈！
怎么样？精辟吧？
『CITY』的人将他们拐走了！
啊哈哈哈，安的推理真是胡扯！这种事根本办不到！
为什么？
普通人根本不可能悄悄地将异能者拐走。
啊……这……
真的有效吗？
吃了就知道。

开始行动的暗号！
好，走吧！
啊……
救命……
水……
呜！
パッ

其他人怎么样？
OK，大家都进来了。
好，准备搬出去！
八个人同时消失……
这可不是小事儿。
要不要告诉大家？

是啊。总之……
嘘！
嗯？
呃
哇！
你这家伙……
啊！
小立！
偷听可不是什么好事。
别说胡话了，圭！放我下来！
总之还是悄悄告诉大家比较好。
是啊。
你也来帮忙。

我知道了。
可是你别这么生气嘛。
阿杉！
哼
哼
啊，又来了！
又像昨天一样，太危险了，我也一起去！
不会有事的！
我走啦！
一路小心。
再见！
圭，千万别生气啊。
别为这种事情生气，你已经不是小孩了。
才没有。
如果不管理好情绪，会让安讨厌的……
我没生气！
哦

安！
给你，这是昨天让我找的东西。费了不少劲儿呢。
谢谢你，小能。
要把它送给圭吗？
是啊。
啾
如果有想做的东西，告诉我啊！
啊
へらへら
好——的。

喂！
圭！上来！
刚才真是不好意思，不小心偷听了你们的谈话……
没什么。
那个能让心情变好的东西，是什么？
就是这个，要不要试试？
好啊，给我。

呀哈。呀哈。
呀哈。呀哈。呀哈。
啊?!
那是?!
他独自一人打算做什么？
这……
这是……

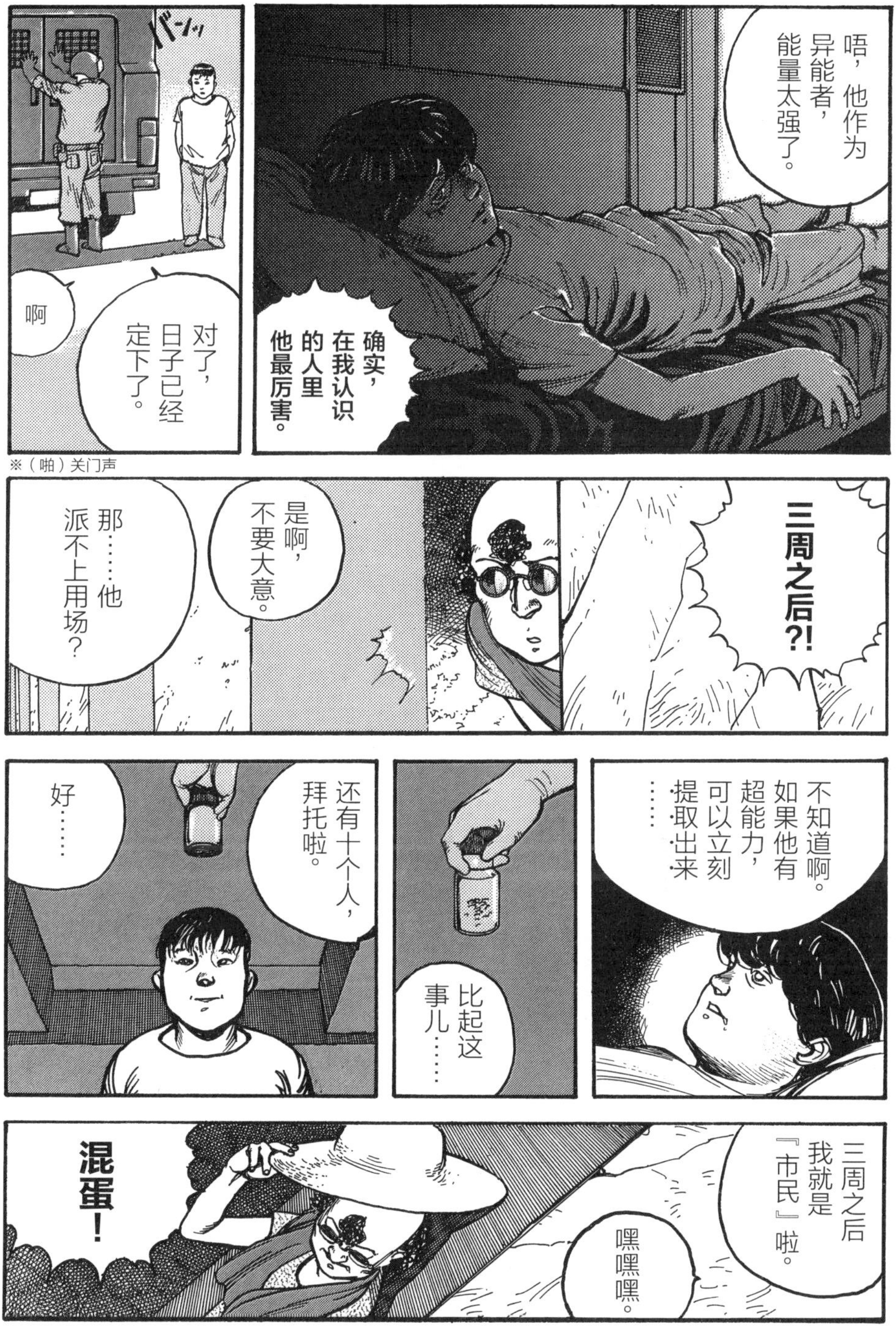
唔，他作为异能者，能量太强了。
确实，在我认识的人里他最厉害。
バーンッ
对了，日子已经定下了。
啊
三周之后?!
是啊，不要大意。
那……他派不上用场？
不知道啊。如果他有超能力，可以立刻提取出来……
比起这事儿……
还有十个人，拜托啦。
好……
三周之后我就是『市民』啦。
嘿嘿嘿。
混蛋！

※（啪）关门声

哇哈哈哈哈哈哈！
喂！坏家伙！
阿杉！怎么了？
为什么穿成这样？
让我教训教训你这家伙！
啊？
三周后你就要成为『市民』？要出人头地啦？
来啊!!

ボゴッ
ゴリッ
ダワッ
バキッ
阿杉！
我们才是正义……
圭……
ザーーッ
サァーーッ

SUZUYA
カメラさくら
到今天为止刚好三周。
那么，今天究竟是什么日子？
哼
圭和其他人可能会回来吧。
虽然他们的样子会与以前大不一样。
什么?!
什么？什么掉下来了？
是可乐瓶吗？
还有另外两个呢。
在哪儿？
在那边和对面。
嗯。

逃走……为什么？还不知道圭在哪里……
按我说的做。圭已经……
啊？
机器……士兵?!
ガチャッ
ヴィーン
『CITY』的家伙们……把异能者的大脑编入了机器的身体中……
他们想把这里恢复成以前的样子……!!
ドォーン

ゴオーォォォ
哇啊！
呀啊！是机器人！快跑啊！
呀啊！
哇！

喂，安，等等！
怎么会这样……应该不是圭……
你想做什么，安！圭已经不在了！
不！圭还在……
啊！

呀啊啊！
快跑啊，安！
爸爸！
安！
哇！

啊！
快跑啊，安！他们也有超能力！
ズ
安，来这里！快点！
呀啊……
没事吧，安？
安姐姐！
难道我一点都不重要吗！
是

来了!
哇!不愧是逃兵!
要你多嘴!
藏好了!
太好啦!

哇!
后面也有!
救救我，圭!
啊!

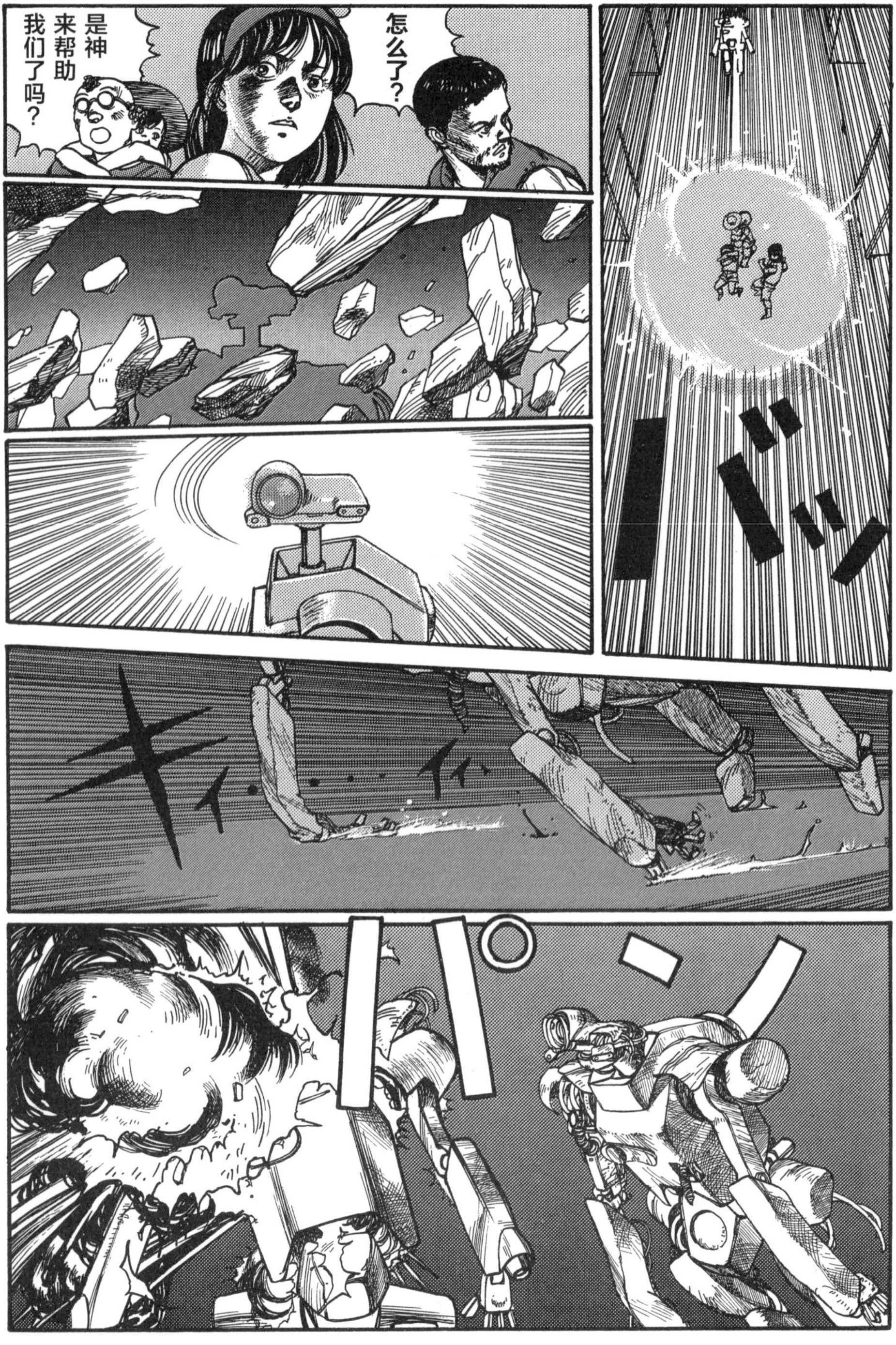
怎么了？
是神来帮助我们了吗？

骗人！
不！肯定是假的！

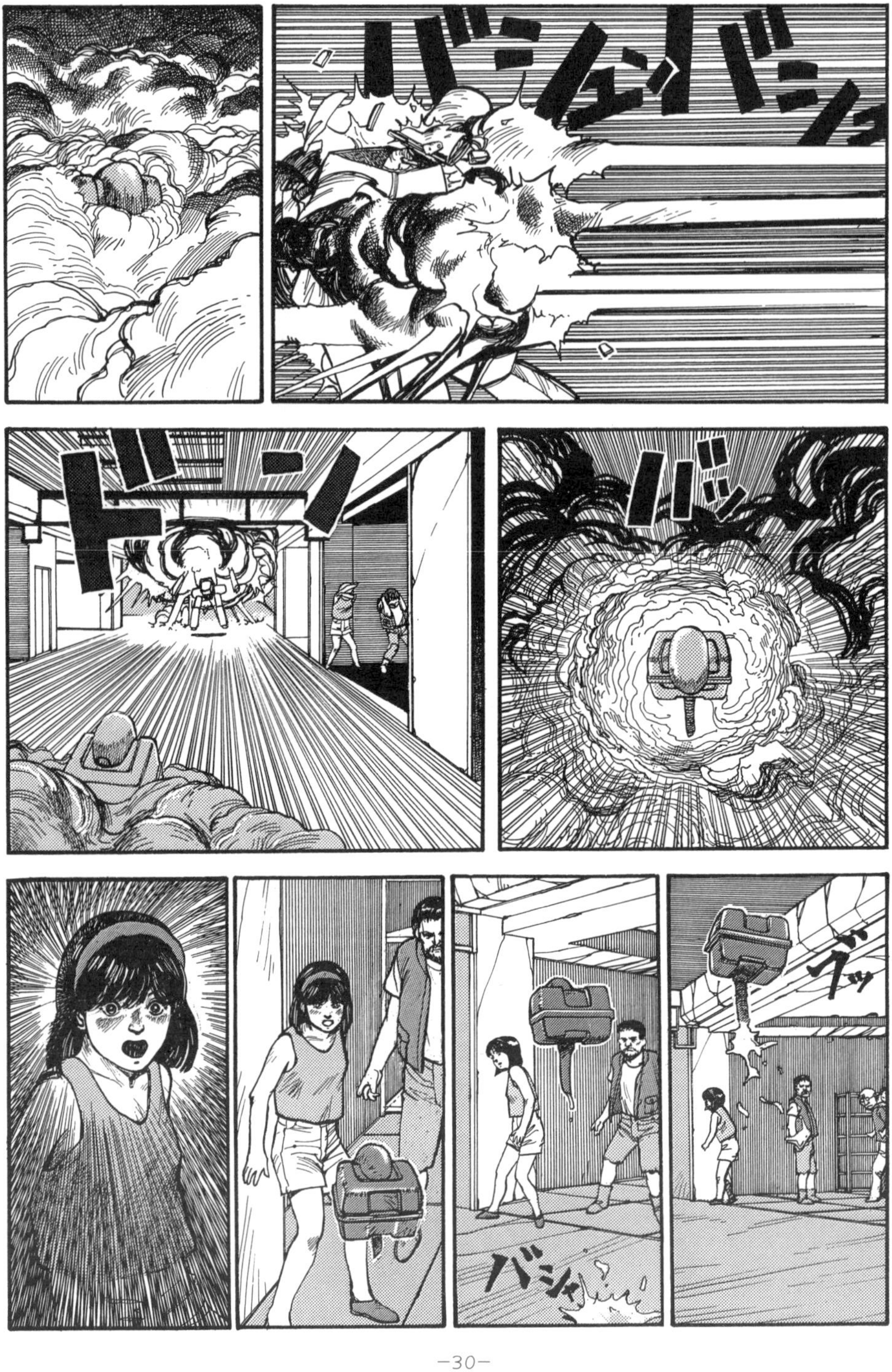
バシュバシュ
バッ
ドーン
ブッ
バシャ

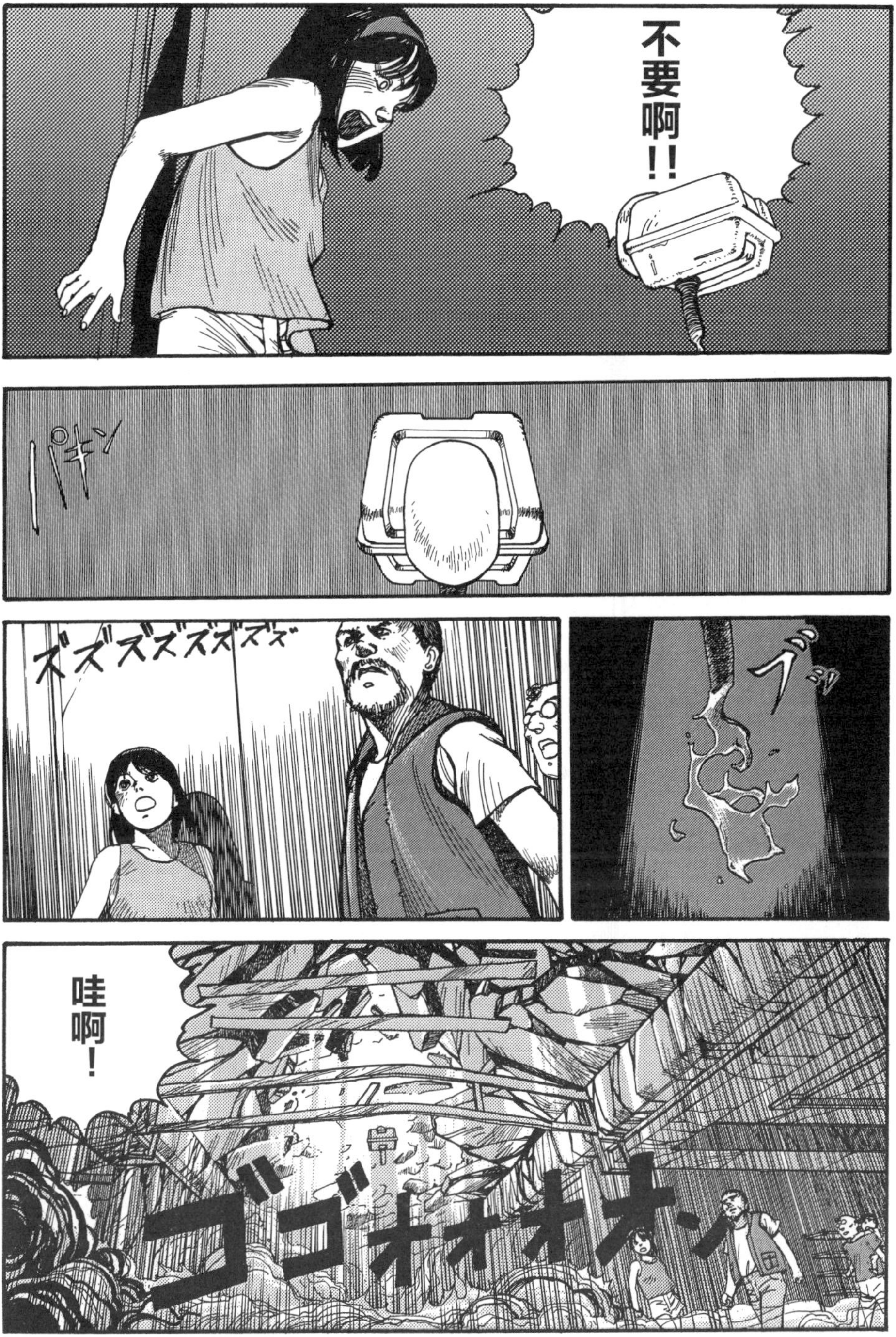
不要啊!!
パキン
ズズズズズズズズ
ブシュ
哇啊!
ゴゴオオオオ-ン

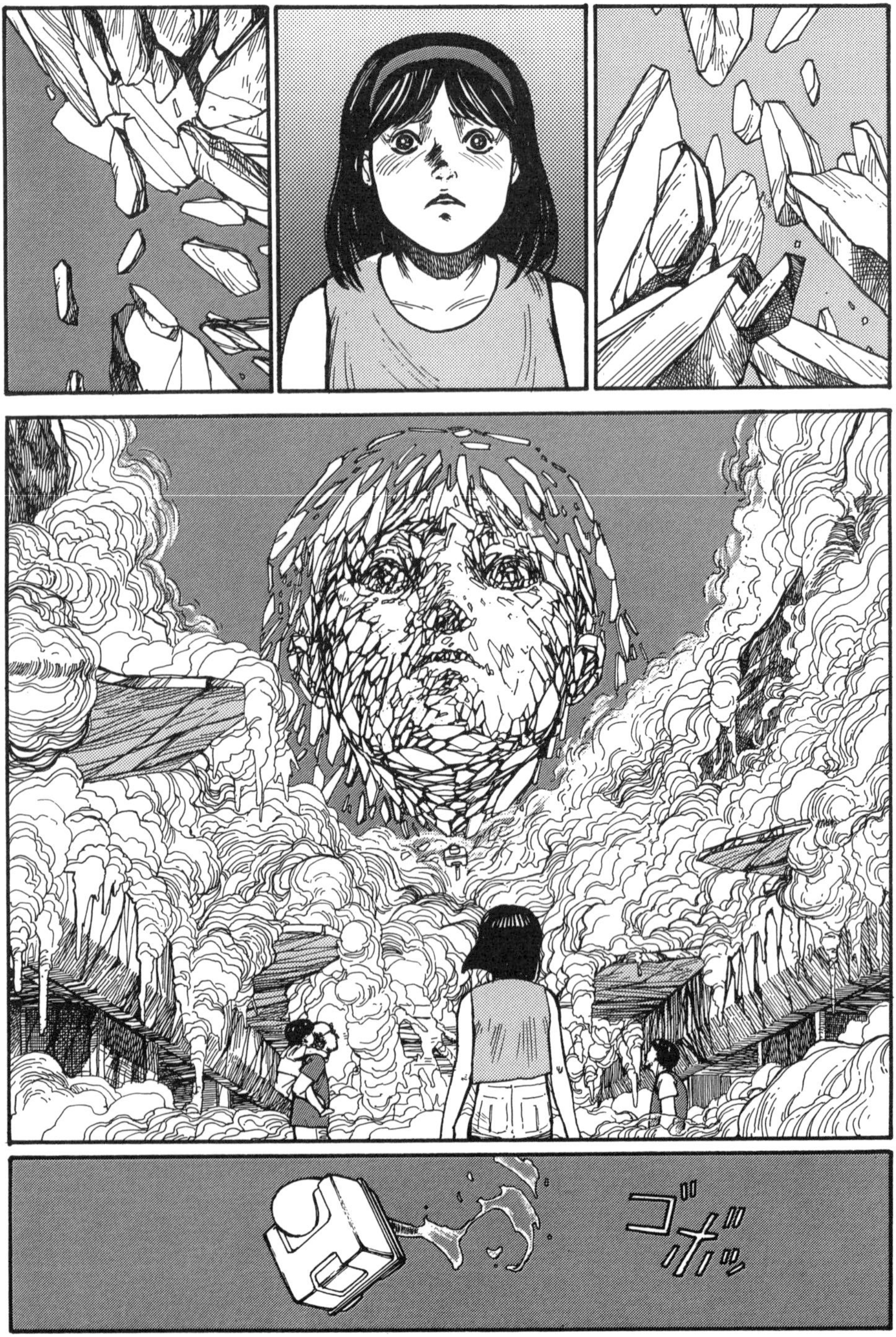

<完>

一出闹剧

哎呀！
ドンッ
对不起！
ガ
新闻社？又有谁惹祸啦？
日日新闻社
喂，快点！
操场在哪儿？
麦克风！麦克风！
怎么了？
私立若葉高等学校

我们也想喝～～
嘭
喂，我好不容易打出一记安打，竟打在你腿上，还疼不疼啊？
你这家伙干得好啊！
嗯，嗯。
我明明在努力戒烟……
明明再赢一次就能进甲子园了……
别提了……
咔嚓
别……别生气了，五郎——
不要太在意……
前辈！
怎么啦，一平？脸色都变了……
甲
难道我们乱花经费被发现了?!
甲甲甲甲甲子园！

这个地方长年被棒球队霸占……
这是大家的操场！他们在县级比赛中得了亚军……
多亏了这一伟大的战果！
操场再次回到了我们手中！
好啦，为了地区比赛，开始练习！
啊，是四叶草！
咦？
？
发生什么事了？
哎？棒球队怎么……
哎呀哎呀！
哈哈哈哈哈！本可以参加甲子园的山白高中棒球队，因为……

啪哒
惹出了乱子……
退……退出比赛了?!
我……我们真的能去？
甲子园！
呀——
太好啦！
好运好不容易轮到我们头上，不要重蹈山白高中的覆辙。
拜托了。
祝·甲子園初出場
好的。

カキーン
嗝
唔——嗝……
真是的，满身酒气……
チラッ
教练，现在有什么感想？
哈哈哈哈。
其实你们根本没有练习的想法吧？
没有这回事，我们心中只有棒球……
您为什么戴口罩？
嗯……因为前几天冒雨练习……
那么你呢？
啊？俺……不，我……
喂！大叔们！
也采访一下我呀！
喂！
!
?
?
!

杉山！组成A阵型！
カッ
好的！
你们不觉得很空虚吗……
进了一球！真幸运！啦啦啦！
可是地区赛怎么办？
啊~
唉，被棒球队抢尽风头啦。
一平……香烟那事怎么样了？
啊。
コンコン
教练刚才大发脾气，已经教训他们啦。
打扰了，大家刚好都在，一起拍张合影……
你说什么！
对……对不起。

祝·甲子園初出場
掲示板
アッパレ若葉ナイン！
ついにこの日が来た!!
若い力を求む！
甲子園特別応援隊
チア・ガール募集♡
応援団は君！を待っている
身材不错啊，要加入啦啦队吗？
棒球队的五郎！
还有山本队长！
哎呀！
ドドドドドドドド
哇！
呀！
祝！甲子園初
若葉高校野
今こそ我が若葉
全生徒が一丸となって
甲子園で戦う若葉の
若人を応援しようでは
ないか！
哼！

若葉野球部
寿
啊？让我去——?!
五郎……那家伙要是又惹麻烦，大家梦想中的甲子园会怎么样……
唉……我知道会有什么后果……
一平，你既细心又聪明，
看好五郎，别让他做出格的事情……
可是……如果五郎看到这些东西，反而会更生气。
啊——
ガタ
五、五郎！

啊！我的小梦露！
笨蛋！把青春献给棒球的人不需要它！
我的杂志！
可、可是！
万一记者看见这些东西，怎么办！
把它们都扔了！
……好的……
咦——
?
啦啦队员
集合点

我们是啦啦队女孩～请多关照～♡
请、请多关照。
要不要玩桌上足球？
可恶，棒球队的家伙们……真幸福。
啊！
和美和直枝也去了！
啊！还有惠理子！
翔子！
她们可是足球部的啦啦队员！
混蛋，你们干什么呢！

一平……那个穿粉色衣服的女孩真好看……
啊，那是立花惠理子……是足球部的……
你认识她？
嗯，上中学的时候一起……
介绍给我呗！
キーン
啊?!
四号果然又打飞了……
看到那女孩，我的大棒也变得兴奋起来了！
カキーン
要是小梦露没被扔掉就好了……

CAFÉ DE
你这笨蛋，又被抓住了？
唉……
……
因为要参加甲子园大赛，才更严格了吧。
健康的甲子园可不能出乱子……
可是我们只是在晚上出门散散步。
晚上突然想散步，也不是怪事。
笨蛋！
到处都……一样。
……
啊？
五郎那个混蛋！
喂……五郎……

有事儿？
惠理子，我有话要对你说。
什么事？你是谁？上来就……
吵死了！抢别人的女人！
谁是你的女人啊！
五郎？
啊？！
哈哈哈，赶紧回去吧。
怎么啦，怎么啦！
哼，别得意，蠢货！
喂，五郎。
什么？
有趣，那我就陪你玩玩。
别这样啊！
别、别啊，五郎！
对了，甲子园！
五郎！
别忘了甲子园！
甲子园？
五郎？
也就是说……

他是若叶高中的樱井五郎！
请给我签名！
让开！让开！
啊啊！
喂！
我去拿纸笔！
喂！哎！
好了，来我这儿吧。
疼死了，放开我！
哈……
好呀，好呀！
樱井五郎
字真丑。
他写了什么？
一平！那家伙去哪儿了？!
那个……
抱歉，请给我们也签一下名……
是做什么的人？好像很厉害啊！
哇啊！

好球！
啪哒
五郎，离比赛只剩十天了……
击球的状态在稳步提升。
呜……
啪——哒
是……真的是太好了……
呼……

I wanna try to show……
ax^2+by+c =……
我们的选手怎么样了？
嗯，大家都很认真。
我最近忙着拉赞助……哈哈。还有，
放学之后PTA的会长要送一辆小巴士来，应对的时候注意不要失礼。
明白了。

※ PTA，家长学校联合会。

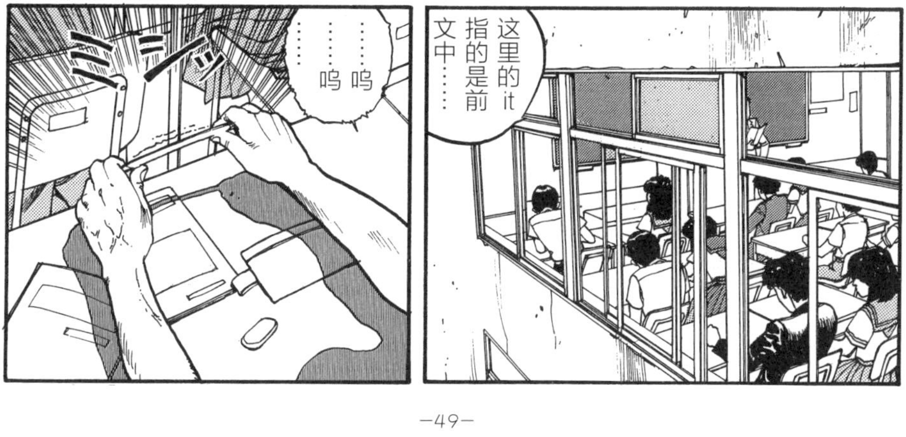
这里的it指的是前文中……
……呜
……呜

五郎！怎么了?!
哈……
哈……
唔嗯……
哎呀。
什么家伙都能参加甲子园，真是的……
咔嗒，嚓、嚓。
プアー
也是来抽烟的啊。
哎呀，真爽。
啊！这个声音是……

列队站好！
好，人都齐了……
五郎去哪儿了?!
他应该快来了吧……
喂，会长和记者要来了！赶紧把他找来！
好的！
哎呀？

出什么事了？
好像有人在里面抽烟。
竟然在我们学校参加甲子园比赛这么重要的时候！
拖大家后腿，你不觉得羞耻吗?!
快到大家面前道歉！快出来！
演得太过啦……
山崎也真做得出来。
好，既然你不肯出来……
好啦，看招……
哼哼哼。
啊……难道说……

ドロドロドロドロ
明明说四点半左右到。
嗯？
ガシャーーーッ
我的手，混蛋！
山崎！
カッ
啊！

怎么办啊？
作为教练该负怎样的责任？
辞退
出场
要把你开除！
事件
暴力
爸爸，甲子园怎么了？
这是你作为教练造成的结果！
孩子他爸，你要加油！
住手，五郎！
哼！
五郎这个笨蛋！
哇啊！
你看看你都干了什么！
啊—啊！
啊……啊
发生什么事了？
喂，一平！

山崎！我们来帮忙了！
打倒五郎！
也给我们添点预算！
把女孩子还给我们！
哎哟！
冲啊！
看招！
可恶！
到底有什么深仇大恨！
啊，果然！

冲呀！
上啊！
快走！
大家一起守护我们的甲子园！
啊！
山崎！！
ドドドドドドドド
五郎，看招！！
！

哎呀。
啊！笨蛋！
咳、咳
这是什么啊！
有你好看的！
要怎么办！
哈哈哈哈。
山！崎！
哼
我要上了!!

五郎在哪儿?!
咳。
ゲホッ
找到了！在那儿！
快追！
请让一下。
一平……
前辈，没事吧？
快点拦住记者和会长。
别让他们看见现在的丑态。
要守护我们的甲子园！
好！
ドドドドドド
站住，山崎！
才不呢！
冲啊！
ガーーーッ

哈哈哈，接人的阵势真不错。
一平，抓住他！
怎么跑这么快！
啊！追不上他！
啊……这！
哇！
ギッ
哎呀。
がん
哈哈哈，终于追上你了……
啊!!

バガーン
五郎！
五郎！

パアーン
ガンバレ!若葉ナイン!!
加油啊!
说什么加油啊……哈哈!
我们身后冷冷清清……
应该我们说对才对……
啊……啊!
我们去啦!!

<完>

棒球小子

喂，听好了！
这里是一垒！
然后……
这里是二垒！
……这里是三垒！
好！
剪刀石头布！
好，我们先进攻！

※ 坏球，投手投出的有效球没有直接通过“好球区”，而且击球手又未挥击。

※ 四坏球，击球手会被保送上一垒。

哈哈哈哈！
啊哈哈哈！
看招
来这边！
啊！
集中精力，继续加油……
好
谢谢！
哇！
カキィーン
接到啦！
哎呀！
接到啦！
奇怪，速度竟然跟之前差不多……
嗯

坏球！
四坏球！
……
不管场地有多小，也就这样了。
カッ!
不要把一垒踢走啊。
嘿嘿。
小满，回去吧。
再等等！

※ 两好三坏，投手投出两个好球，三个坏球，下一个球若是好球则对方三振出局，反之则对方被保送上一垒。

バシィッ
啊啊！
啊呀呀！
没……没想到。
居然在那时挥棒。
那可是坏球啊。
输啦！
真是服了。
乌鸦开始叫了，回去吧。

我吃饱啦！
已经饱了？
多吃点啊，直树。
不用啦，饱了。
哎呀哎呀。
ガタッ
好啦好啦，不要伸手拿。
你要去哪儿？
ギクッ
出去一下，消消食。
直树，没作业吗？
冲呀！

加油啊！
肩膀用力，挥棒！
31！
32！
居然在那时挥棒。
33！
真是服了。
34！
输了，输了。
三十……
パン…パン…
？
砰砰……
啊！

是那家伙！
他明明只是个二垒手……
ポン,ポン
ポーンッ
啊？
那个……

啊
咔嚓
哼
好厉害的控球能力！
吱——
真厉害！

来得太晚啦！
写在记分板上了吗？
听好啦！
今天和四班的比赛，绝对——
要赢！
加油！
好！
好！

啊！
是那家伙！
好啦！加油！加油！
？
キーンッ
我去接！

啊！啊！
笨蛋！
一直跑到正中央！
哎呀！
扑通
啊！
接到球了！
接到了！
笨蛋
嘿！
干得漂亮！
有点遗憾，再继续加油吧。

冲啊！冲啊！
好！打平了！
一口气逆转啦！下一个是谁……
好！
我要一下子打飞它！
我要击球啦！打飞它，逆转局势！
不！要四坏球。

好球！
笨蛋，别挥棒！
干什么呢！
绝对不要挥棒！要四坏球！
唉……
坏球！
一好三坏！
听好了，不要打第一个球……
嗯，可是……
……
换投手！

是那家伙！
投手看起来也不怎么样！
小直，别出手！
要四坏球！
开始！
好啦！

看招！
ガッ
哇呀！
可恶！

<完>

惊心动魄的夏天

呼
呼
呼
呼
呼
呼
呼
呜呼呼♡
呼
呼
?
咔嚓
哎?
啊?!

等等，良行！
喂！
哎！
咻——
骑车！呀呼，呀呼！
骑自行车来真是太好啦！
对吧，浩辅……
咦？
吱——
ブォン
喂，浩辅——

中華料理
骑自行车去?!
是的。
撞了。
你的车怎么了?车呢?!
哧溜
竟然撞车了……你才买不久……
再怎么修也来不及，没法在海边跟姑娘搭讪了。
自行车钥匙呢!
谢谢惠顾!

唉，没有车的话……
良行，你不是有爱子小姐嘛。
虽说是这样……
一カッ
能见到从小学转学后，靠写信交往的正牌女友，多好啊！
这可是最后一个暑假了……我也想和其他可爱的女孩堂堂正正交往呀……
真过分，初中毕业后你再也没见过她吧？说不定变得好看一点了……
你这么说才对不起爱子！爱子家在伊豆开民宿，你也一起来！
我开玩笑的。
丁零零！
话说回来，
为什么突然从开车改成骑车？
你这家伙，自行车是属于男人的浪漫！啊哈哈哈！
混蛋，又骗人！

什么浪漫啊，嘴上说得好听……
要不折回去跟他会合……
唉，算了，我告诉过他是哪家民宿。
浩辅也不会出什么大事……
我在浩辅里！
良行这家伙，还没折回来找我！
哇！
嘿，你们！
バシャバシャバシャ
哈？
只有女孩子吗？
哎呀，大海真好啊。
今天就在这儿露天休息吧。

爱子……
已经有两年半没见了。
我说了不要啊！
佳手！
嘎巴！
？
你干什么！

哎……呀——
放开我！
啊！这妞真不错！
好痛！
喂！
咚咚
咚咚
咕咚
?!
啊?
♡!
♡△○♡♡
×○○△♡
♡◎+○×
呜……
揪——

?!
ギッ
她……她说了让你住手！
唔——我真帅！嘿嘿嘿……
喂！你谁啊！这可是我的妞！
他在撒谎！救救我！
你真烦！
呸——
小惠……
フオオオオオオ
到底为什么?!

谢谢你救了我！
那个男人真是糟透了……
胸……胸部……
你没受伤吧？
……
你嘴上说的和下半身的反应不一样啊。
ジャブン
原来如此……你在等朋友？
我在这里。
良行
我以为他马上就会来的……
良行，你……

是第一次来伊豆？
嗯，不过是两个男人一起来的……
你没有女朋友？
哎……我也想有啊，真的……
你就这么不要脸地回来了?!
可是小惠她……
什么小惠，问题在你身上。
你就这么让那小子和小惠在一起？
你怎么能放任不管！
这小子真气人！
……

シュッ
小惠，你一直住在伊豆？
不是，上高中的时候在这儿住过。
现在是在东京工作的正值青春年华的白领。
パチャパチャッ
因为暑假很短……太短了……
扑通
ペタッ
吱
要好好玩啊。
バシュッ
女人在旅行的时候，总是没防备！特别是在夏天！她们也在期待冒险呐！
咕咚……
你怎么了？
啊？
我明白刚才那个男人的心情了……

咕噜
呼啊——
噗——哈——
唔——嗝——
浩辅那家伙……
现在可能过得不错吧……
唔嗯——
心头一紧！
呼——呼——
趁现在……
ムラムラムラムラ
晚安！
……啊

没关系吗？
不等朋友来……
肯定没关系……
结果……
还是没睡着。
拉紧
好啦！
跑吧！

原来如此，那是你的恋人啊……
还没有完全分手，
因为我搬家了，所以不知不觉拖到了现在……
好热……
每次我来这里玩，他都会威胁我……
虽然本质上是个好人……
甩掉别人的女人都会这么说。
我昨晚想和他彻底分手，
可是男人总是一下子就有了欲望……
咔啦
抱歉呀。
啊哈哈，真对不起。可是，
男人一定要帅气！

三个人去对付一个毛头小子，说出来真是丢脸。
被臭小子赶走，
女人被抢走才丢脸呢。
真是不好意思。
呀嘿！！
嗯——
加把劲！
嘿——
良行，你明年高考吧？出来玩没关系吗？

哈哈，身边的人都在忙着上补习班，
可是该玩的时候就要玩。
看来你胸有成竹啊。
也不是……该努力的时候会努力。
我喜欢这样的人。
喂，小惠。
你男朋友有话要跟你说……
呼
呼
呼
哦！
哦哦哦！
会不会有人来帮忙啊。
要是有个帅哥开车来该多好。

呀！
你们是从哪儿过来的？
怎么这么冷淡？抛下男朋友不管……
和那小子一起推自行车很有趣吗？
良行？
哈啊哈啊
你在和那小子交往？已经做过了么？
喂，喂！
男朋友好久没见，想要你呢。
良行，你还好吗？
哈啊。
你就让他来一次嘛。
怒！
你们的脑子里就只有那种事吗！

喂，喂——
说什么大话呢？
真是个值得信赖的骑士，小惠！
是啊，就是！
比那个男的好多了！
呵！你也只是嘴上……
逞强吧?!
！
キキ
过来，小惠！
呀！
啊！快上车，快上车。
良行！
良行！
ブォォン
永别啦！

可恶，那家伙追上来了！
小惠，昨天晚上……
啊？
哼！
良行……
唔
呼
嘿
嘿
呼
呼
呼
嘿
呼

喊
哈啊…
呼——呼——
哈哈啊——
哈——呼——呼——
哈
这小子找死！
特地跑过来挨揍！
嗯？正是如此！
小惠，快逃！
呜！
小惠！

哎呀!
ズン
痛!
啪!
快走!
永别啦!
先走一程!
该死的臭小子!
嘿嘿嘿!

呀吼——！
啊，太爽啦！
真的！
实在是太棒了……
啾！
你真帅气！
啊？啊？啊——?!
啊，车把，车把！

抱歉啊，麻美！
别把车子弄坏了，还没还完贷款呢！
呼……不该把昨晚的事情告诉他们的……
バババババ
ドドドドドドドド
バオー
？
我要杀了那个骑自行车的小子！
ウバァァ
骑自行车的小子？
堵车好严重。
这么说，刚才过去的那些家伙……！
嗯?!
这好像是良行的帽子……

你是第一次接吻吧？
啊？哈哈。
要是被照片里的女朋友知道就不好啦。
啊?!
啊——？为什么……
啊！
停下！臭小子！
嘎巴
浩辅，你要干什么？自行车链条已经断了呀……
真是个怪人……
冲呀！
别拦着我，我必须走了！
可恶，真不想走……

哎呀哎呀，怎么啦，臭小子?!
可恶！
啊!!
!!
咔哒
哇！
哇啊啊啊!!
别被人打死了，良行!!

你刚才的能耐呢？嗯？！
咚！
你们这样还算是男人？！欺负受伤的人……
这几个家伙我能对付，你先走。
哦——还想当漫画里的英雄？！装什么装！
嘿嘿嘿，男人一定要帅气！
……
一定还会再见的！
快去抓住小惠！
好
我打！
谢谢你，良行！
呀！！
？！
可恶——

良行！
嘿！
妈呀呀呀！
你干什么！
嘎吱
哎呀！把我的摩托车丢在这儿！
……小惠。
良行，你还好吗?!我帮你报仇！
你这家伙干吗呢！
バキ
オゲーーッ
啊啊。
啊！
那个……昨晚是我不好……
哼……

小惠……
难道你真的和那小子……
你谁啊?!
记住，我叫增田浩辅！
哼
好痛。
喂，良行……
脸上挂彩啦……还活着吗？
嗯……简直要上天了……

打扰了！
来了！
啊啊啊啊！
ペタペタペタペタペ
良行！
爱子？
真的是爱子？
你怎么了?!伤成这样！
妈妈！妈妈！良行受伤了！
急救箱！急救箱！
ペタペタペタペタ

……哈哈，连脚步声都可爱……
哎呀哎呀。
タペタペタペタ
小爱的男朋友来了？
……
嗯，是啊。
打扰了！
啊？受伤了？真的？
嗯……
？
啊！你就是良行啊，真是吃苦头了……
您好，我是津田惠，初次见面……
这是从东京来的表姐。
真幸运！
……

是呀……
嘿嘿嘿。
对啦，惠姐，讲讲你的事呗。
嗯？
哇——呼——
哎呀，昨天刚刚认识……
！
啊，对了，今天还接吻了！
呀——
ドキ
哎呀——这么一来，
今晚也睡不着了……

<完>

聚焦

正彦
不在吗？
啪嗒
哎？
嗯，在朋友
家……
我告诉正彦
您今天
不方便来。
老师，
其实……
嗯？

我提出的要求，
可能会让您觉得奇怪……
那个……
难、难道……
家、家庭教师和别人的妻子……
不……不，但是……
这么说来，也不是没有苗头。
我终于也有机会了！
但要是被她丈夫发现的话……
唔——
叮咚
啊！
唔……
您来啦！
现在不能慌！
……
……这位是正彦的家庭教师，丸山老师。
这位是……
我是正彦的班主任家原。

啊?!
要跟踪正彦?
嗯，拜托了。
咕嘟
可是为什么要这样做?
他最近经常晚归，也不跟家里打招呼……
我问他为什么，理由总是模棱两可……而且还偷偷打电话……
也许学习之余需要休息，还要交交朋友……
正彦今年已经初三了……
正因如此，
本该为了考试好好学习，生活态度却不检点……
态度叛逆，随意早退……前几天因为身体不舒服让他早点回去，却没回家。
嘎吱嘎吱
我以前也经常这样啊，哈哈哈。

哈……
咔嗒
啊，谢谢……
我想……
他肯定是交上了不三不四的朋友。
因为他以前从来都不这样。
夫人不希望让侦探去调查……
因此……
呼——
吱呀
这算什么父母啊！连老师都这样。
跟踪自己的孩子，真是可悲……但是为什么让我来……
ブツブツ
ブツブツ
唉，算了。
我还有贷款要还呢。

鹿岛正彦
就读于某私立中学的初三学生
成绩中上，也很聪明。
性格有些内向，但并不阴沉。有不少朋友。
我现在有点像侦探呀……
工作时段从正彦出门后到回家为止，总共一周。
嘣
以打工来说，报酬非常高，还报销其他开支，让人毫无怨言。

GA
我告诉你，不是这样……
啊？真的？麻里子她……
哗啦
哎呀，假的吧，不要啊。
！
就是个普通的初中生啊……

不是吧？你真的接了这样的委托……
可有意思啦……
我已经做了三天……
哟，大手笔呀……那工作找得怎么样了？
哈哈哈，要先拿到眼下的钱……
我没开玩笑，已经有好多同学拿到内定名额了……
对了，要不要问问你那位学生的家长？
他是大和商事的部长吧？
我要是问了……那家的妈妈会连家庭教师都不让我做。
那工作怎么办？
チョン!
哎呀，到家教的时间了。
那……帮我付钱。

这样x就等于y了。
啊，原来如此。
这里呢……
丁零零、丁零零……
现在要应用刚才的知识……
唰
正彦，你的同学阿部打电话来了！
啊？阿部？!
啪嗒
怎么样？知道些什么了？
哎呀，您这么一问，还没……
嘘！
？
啊？谁啊？……啊，怎么了？

你说自己是阿部……
倒不是，在我们班确实有……
最好还是不要把电话打到家里……
啊？没什么。
明天就拜托您了。
好……
那……明天五点，在那个公园见……
不行。

不能坐视不管。
我也想做点什么。
要是这么下去……
啪嗒
我们现在不是在商量吗？
怎么办……我也在努力地想。
可是没有其他办法了。
唉，原来如此。
不能再纠结下去啦。
初中生怀孕……
现在的小孩子，真是……
我明白了。
那……好……
既然家原你都这么说了……
啊？

家？原？
冢原……难道……
这是老师的女儿？
等等，正彦！
对妈妈讲清楚！
妈妈的朋友可是看到了！
只是普通朋友而已。
你看看你！刚才还说不知道?!为什么对妈妈撒谎？
……

交一两个女朋友有什么不好，正彦他……
!
别在这种时候多嘴！
沙沙
和你说到考试的事情时，你不是说，正彦的事全交给我管吗？
正彦！离考试没几个月了，别再见那个女孩了……
妈妈！
你没有说这种话的权力！
カチャッ
啪！
バタン
呼……
都是你……
你在听我说话吗?!

这么说来，你把老师女儿的事也……
说不出口啊，只说了有女朋友，就让她很生气……
什么，那你作为侦探岂不是失职了……
啊，对了，女孩子那边调查得怎么样？
嘿嘿。
那个女孩果然是班主任的女儿。
高城高中二年级的家原绘里子。
是高中生啊……
家在练马区，有一个妹妹。还有什么想知道的吗？
你挺有当侦探的潜质呀！
MEMO
比你是强一些。

鹿岛！
啊！是『移动要塞』！
家原老师叫我？
嗯，这次去办公室……
不会吧！
鹿岛那家伙，最近被请去『喝茶』的次数很多啊……
和家原之间有种剑拔弩张的感觉……
我走啦……
家原这家伙不好对付。
不能硬碰硬。
鹿岛不像是那种类型的……
那种类型的人恰恰是最危险的！
鹿岛……你今年几年级了？嗯？
老师不是我的班主任吗？
别耍嘴皮子！
我没有……

马上要考试了，你却有时间追女生？
最近成绩没长进，和家长似乎也有不少矛盾？
别让父母太担心……
鹿岛啊……
咔嚓
キィ……
老师，您的家庭还和睦吗？
说什么呢！鹿岛！
你到底怎么回事！
唔，可是那个女孩真的怀孕了吗？
啊……毫无疑问……
啊！
是正彦！

终于来了……
プシュッ
今天……要有个结果。
啊？
沉甸甸
来了！
……
啊……

糟了！跟丢了！
你干什么呢，在这边！
咔嗒
去的地方似乎和上次一样，先绕到前面吧。
准备埋伏！
ZERO
小学社
幼稚园

你说，他为什么要来这种地方？
说不定要找一家隐蔽的妇科医院……
嗯？
哎呀?!不见了！
可恶……
去哪儿了……
哎呀！
家原老师?!
他为什么在这儿？
行吗？
嗯……
我还是没法原谅爸爸……
握紧
我也是……

糟了……要是被他看到那两个人进医院……
得尽快告诉那两个人老师的事情……
但是你最终还得报告那两个人的事情，
对吧？
是啊……
而且，告诉那两个人老师的事……
跟踪的事儿就败露啦……
嗯……
丸山老师是个叛徒！会被这么说哦。
呜呜……哎呀……嗯……
你会失去学生的信赖……
他成绩下降……
然后你被辞退？
爸爸过来了……

嘿嘿嘿。
可恶！
到底去哪儿了！
哎呀！
嗯……
怎么样？
快来了！但是我们先……
对啊，这两个小孩不认识我……
嗯……那个……
喂，你们两个！
ビクッ

嗒嗒
他应该没有走远……
是的，我们在跟踪那个老师……
唰！
啊?!
你们不是去医院？
来了！
老师……
哎呀，来得真早……
咔嚓咔嚓

呀!
啊?!
哎呀……
那是……丸山老师?!
!
啊……
你……你是……
啊啊……
咦——?!

今后绝不会再做这样的事了……
求你了，我不想破坏家庭。
所以你能帮我保守这个秘密吗？
啊……这个……唉……
难道正彦知道这件事，所以才摆出那副态度?!
不，他应该不知道吧……
我跟踪他的时候，没什么奇怪的举动……
我还是不说比较好……
我现在在这里，是因为正彦已经回家了……
呼
我要去朋友那里……
碰巧……
呼
嗯？
那两个人在等你。
这可真是的。

哼
唉，也行吧……要是他们能分手的话……
咔！
你们是什么时候发现的？
上个月……偶然发现他们在一起。
太生气了，本想告诉老师的妻子……
咕嘟咕嘟
结果接电话的是她……
我本来以为他是在恶作剧……
然后我们开始讨论对策。
想用最平稳的办法解决。
也就是拍下现场照片寄给他们，让他们分手？
是这样吧……
啪！啪！
是的……说到底，
我们不想破坏各自的家庭啊。

多好啊，现在恢复到以前的状态了……
嗯，但是我已经没法做家教了。
没办法呀，虽然有点可惜。
可是多亏这件事，我找到工作了。
啊？
……
呀——?!
是哪儿？
再好不过的大和商事。
ニッ
大和商事……也就是正彦爸爸的公司？
他们家是夫人说了算，真是太好了。
真的……
啊？
难道说……
算是给我一点封口费嘛……
啊——?!

<完>

今日将行万里路

可是房间只有十平方米。
只要能从家里搬出去就好。
要复读啊，复读……
那么现在由家长学校联合会会长致辞……
大家安静一点——
那家伙要去K大学，输给他啦。
真厉害，不过你也考上了S大学。
唉，
这是我的第三志愿。
总比复读好多了。

哎呀，我也想复读一年考上好大学。
哎哟，别太贪心啦。
真是受不了！
是呀。
喂，良太！
不是已经好了吗？
好了，这就结束啦。
哎呀，话里有话啊……
恋爱还没开始就结束了吧。
就你话多！
パチ
显影液……
显影液……
咦？
咚咚！
哎呀，糟了，不会是老师吧?!
啊，在这儿……

唰啦!!
是哪位啊?
是我，我。
現像中
写真部
你去参加毕业典礼的彩排了?
去了一下。
哎，来得真晚。
真是的，所有人都在说考没考上的事，烦死了……
那又怎么样。良太，你不是还有希望嘛，难道结果已经出来了?
看你这模样……
还没有呢，真是的，能继承家业的家伙好轻松，真好啊。
唉
生气啦?
呼……
话说回来，
那个找得怎么样了?
嘻嘻

有三家候选……
保存版
TOKYO
ソープランド
キャバクラ・ヘルス・ピンクキャバレー
完全ガイド!!
夜の観光案内
叫LOVE的这家，有个名叫玛丽亚的……
啊……啊啊！
还有这个。
哦……哦哦！
嘿嘿嘿，嗯！
价格便宜，而且干净……
パラパラ
THE SOAPLAND
特别是这家……
カラッ
嘿嘿……嘿嘿嘿……
去吧！洗浴中心……
啪嗒
……
那三个家伙真是……
别去便宜的地方！
呼，是唐泽老师啊……

明天聚会几点开始？
最后还是哭了。
可是那家伙……
你是害怕听到结果吧？
才不呢。
我来帮你给家里打电话……
不是这么回事。
那是为什么呢？
今晚要和吉政、阿忠一起吃饭……
啊——说好今天一起的呀……
今……今天不行。
不是吧?!你怎么……
ガラッ
哟，良太！
走吧！
啪

啊！
啊，喂，景子！
呀……还是好可爱。
哦——你还喜欢她啊。不是刚刚了结了吗？
啊？
你不知道？
吉政前阵子被松井里美拒绝了。
就你话多！
哼……拒绝了我这么好的男人……说什么『我有在交往的男朋友了』……
……
良太，你知道对方是谁吗？
不、不知道！我不知道！

打扰了！
ドサッ
哎，家里有点乱。
我能把制服放你这儿吗？
明天从这里出发去学校。
啊，放着吧，没关系。
呼
明天就要毕业啦……
咦？
补习学校都还没定呢，怎么行李已经打包好了？
日本通運
嗯……啊……那个……
你报的最后一个志愿，应该出结果了吧？
还是回家看看比较好吧？
嗯……

可要是我考上了……
阿忠你全都落榜的话……
你会难受……所以好好享受今晚……
入学手续指南
反正到了明天，结果也不会变……
别……别这么照顾我的心情……
啪
真是难考啊……
本以为自己能考上，
没考上，
ブツブツブツ
肯定没考上。
不过，
反正我肯定考不上……一起复读吧……
我考上了保底的学校，真说不出口……
真慢！
駅

吉政怎么还没来！我们总等他……
阿忠啊……
十年后你肯定适合在公司工作……
啊？
你说什么？
哟，这位小哥！
嗯?! 你……你是?!
嗨！
哈哈哈，笨蛋，是我啊！
好啦，走吧！
嗯……这家伙十年后会很可怕……

洗浴中心LOVE……LOVE……真奇怪，应该在这一带啊。
嘿嘿嘿，吉政，不知道为什么好激动。
啊？嗯……
怎么了，你心情不好？
嘿嘿嘿，哈哈哈，嘻嘻……
嘻嘻嘻嘻嘻！
啊哈哈哈！马上就要去啦！
ドタバタドタバタ
他激动过头了吧……
有些吓人啊……

嘿嘿嘿嘿……咕噜……
今天终于要说再见了……嘿嘿嘿……
先……先去喝一杯吧……嗯。
你先冷静一下……
为什么?!
我们是为了你啊！你！
咕噜……
你这副样子去，肯定会招人嫌的。
？
欢迎光临！
什么嘛，说得像你去过一样。
吉政，难道你真的瞒着我们去了？
咯噔
我……只在书里看过。
真可疑……
哎呀……
新装開店記念!!
ボトル半額サービス券
パブ&スナック
ベル

※ 酒水半折优惠券。

PUB&SNACK
Bell
LIGHT
PUB&SNACK
ベル
WELCOME
呀，是短期大学的学生。
真的是大学生？
看不出来。
真的吗？
因为我是娃娃脸。
哎呀，我们看着就是显小。
哎呀，真讨厌。
哪里啊——哈哈哈。
三对二……不，三对一！
想和更可爱的那个一起……
两……两个都很好……
对，对，我也要……
是吗……
嘿……

听好啦。
？
运气不好的家伙去洗浴中心！
好啊！
哎，那三个人看上去像高中生啊。
嗯
嗯什么，真不想陪那种小孩喝酒……
真笨，咱们吃吃喝喝，
应付一下，之后逃走就行了。
夜还长着呢。

真幸运!!
真讨厌!
真过分!
里美，对不起!
哎呀，这是因为……
骗人吧—
呜……
您好，要一瓶酒和两份烟熏三文鱼……
从这里出去之后……
差不多是时候了……
先和大家分开……
哼，还有洗浴中心!
グイッ
真的……所以呀……
呀，糟了!

啊？
嘿嘿……
嗯？
对不起，我们必须在十点前回去……
对不起啊。
说什么对不起。
可恶，吃了这么多……
真是可惜啊，嘿嘿嘿。
这样就能三个人一起去啦！
呀！
啊！
总共 48750 日元。
哈哈哈哈哈哈哈哈
唉……
呜呜呜……
マミ
ギリマン
G7

呜——
别念叨了。
阿忠啊，光看牌子没意思。
ルイス
女子大生
应该还够我一个人的钱吧！
凭什么你一个人……
要去洗浴中心吗？
有漂亮小姐哦。
スイッ
不，我们不去……
走吧，走吧。
我们刚好今天开店，现在……
嗯？洗浴免费？
啊……
对，这是优惠券。而且……
喂，过来呀！
哎?!有这样的女孩？
哦……
你们干什么！
我要去啊！
放开我！
女子大生
哼

ガラッ
可恶！
呜呜呜……
咕——
明明说好要去的……
你又来了！
我存钱不是为了请陌生女人吃饭！
你这家伙好啰唆啊。
又不是只有你一个人没去……算了算了。
什么算了！都怪良太伸手接那种优惠券！

唉，冷静一下。
你也没反对啊！
不就是没去成洗浴中心嘛……
都是你说要去喝一杯……
啊！你这家伙！
啪！
哼，都是因为没有女人陪你！
别碰我！
嘿！
哼！
以为自己受欢迎，却被耍了，真是无话可说。
哼
你说什么！你这……
家伙……
？
ダッ
他怎么了？
哼！估计是要吐了吧！

快付钱！
你们两个娘儿们！！
嗯？
啊！
要平摊！
你要干什么?!
一个人9750日元！
我这里有小票……
……
……
小票……啊？应该有啊……在这里！
阿忠！
啊！
别废话，赶紧滚！
啊！

哇！
呀！
好痛！
ドテ
哎呀！
喂，小哥。
你对我哥们儿干了什么？
你这高中生想玩女人，还早呢！小子，你连女人是什么都不知道吧！
别浪费钱，我建议你们去洗浴中心。
哼！我可是去过三家……十家了！
啊？
……
哈哈哈哈，你们要是大意，会被那群女人骗个精光！你这厚嘴唇！
什么?!

你的嘴唇可真厉害！
你这小子！我没吭声，你倒是越来越嚣张了……
竟然专挑让人不痛快的讲……
？
吉政，你刚才说的是真的？
握紧
说要一起去破处的可是你！
是啊，是啊！
哇！
嘣
不行吗？
为什么只有吉政去过三家……十家？
真是卑鄙！竟然一个人去玩！
喂！喂！
哎！
背着朋友去了那么多家，才被里美甩了。
啊——亏你说得出口，在别人伤口上撒盐……
你真是不识相，直接叫里美的名字……
因为她是我的女朋友啊。
啊？
喂！

喂！我叫你们呢！
你这……
扑通
吉政，你才是……
告诉我的话，就不会和她在一起了！
你为什么瞒着我！
啊！真的？
ガッ
呜！
哼！人家为了照顾你的心情，还故意没说自己考上大学的事！
啊！住口！
哈哈哈！你这个复读生！
你真卑鄙！
你和她做过了吗？
喂……
快……快走吧。
你这叛徒！
啊，想起来了，小学时去郊游，只有你多带了零花钱！
你这还算是朋友？
烦人！
你一直就是这样！
……！
……
你这种人……

早上好！
啊?!
真的？真的吗?!
啊哈哈！现在终于有学上啦！
哎呀，多少还是料到我能过了，哈哈。
?
喂，制服呢，制服！
啊……
啪啪
唉……
我把衣服放在阿忠那里了……
?

哇！
呀！
这……
啊
你考上大学啦……
嗯……是……是啊。
多好啊。
嗯……哈哈。
？
萤之光——
窗前雪——
苦读书——

毕业典礼也没什么嘛……
イエーイ
はいチーズ
良太真是冷血，我可是难过得不行。
我其实也有些难过。
啊！
咯噔咯噔咯噔咯噔
哟！良太，听说你最后的希望实现了！
啊哈哈哈，已经有低年级女孩喜欢上我啦！
已经开始交往了？是不是真的？
你以为是这样？其实……
啊？真的？
然后……
……

<完>

诱拐犯

别废话！
闭嘴听着！
明天早上十点
之前准备好
一千万！
明白了？
我再强调
一遍，
不要报警！
轻轻地 轻轻地
轻轻地
真蠢啊……

小纯呢?! 小纯还好吗?!
放心，我保证让孩子活命。
咔嚓
我会好好……
嘣
轰隆
ブァァァァァ
!
轰隆隆
混蛋!
喂！喂！

呼……
哈——
咚
哈
哈
哈
哈
哈
哈
哈
哈
哈哈
啊？
这种烂车也能值个几万……
呼啊……
呼啊……

啊？
你不是刚才的叔叔？
咦?!
电话亭的听筒没有挂上，人却不见了……
嗯……
今天早上目击犯罪的老人说……
嗯……
一个胖男人开车把小纯带走了。
唔
唉——要是寸步不离地看着她……

小纯……
你不认识刚才那个叔叔吗？
嗯！
我在公园玩，他说要带我去兜风……
这……这……也就是说……
他说已经告诉我妈妈了，没关系！
那……那个男人是?!
叔叔，你是谁啊？
诱拐犯?!
叔叔，你叫『尤乖饭』吗？
不是！是诱拐犯……唉。
不！叔叔我是……

嗯……叔叔……
你是『透扯贼』……那个胖胖的叔叔是坏人『尤乖饭』……
这下真是糟了……
总之……总之，嗯……先找警察！对，找警察……
吱
……啊
喂，叔叔！我渴了，也饿了！
喂，叔叔！
等……等一下！
咯噔咯噔
嘿哈
嘿
嘿
哈
哈
哈
嘿
哈
嘿
哈
嘿
嘿
哈

叮咚！现在是下午三点！
铛铛铛！现在播放MAD大泽的超级流行歌曲！
哎呀，好热啊。
呼
今天连梅雨都停了。
不……不能找警察……
全国各地都迎来本年度最高气温。
为了驱散暑气，我们来听这首充满年轻活力的歌……
叔叔，你也吃吧，真好吃啊！
哎，吃吧！
前年年底被抓过一次……
有前科的人救了小孩，谁会信呢！
能不能直接把他送回去……
啊！那我会被当成拙劣的诱拐犯……
享受夏天——暖洋洋——
就算这小孩说是那个胖子干的……
没错，没错！我还欠了朋友一笔钱，今天早上又没有不在场证明，还偷了车。
啊！啊！我肯定会被当成共犯审问……
警察会……可恶……怎么办，怎么办！

嘟噜噜……
嘟噜噜……
咔嗒，这里是西野汽车！
啊，西野，是我啊！
我偷了辆车，但是……
有点麻烦……
ALOHA!! 我现在在夏威夷，有事请留言……
……
ガチャン
可恶……
我明明只是偷了辆破车……可恶，居然要被当成诱拐犯！
没事了？小纯想回家！
呼……

去那边，好吗？
叔叔呢？
我……我马上回来。
所以在那里乖乖等着啊。
我要回家……
回家……呜……
所以叔叔……啊……别哭了……
うわあああああ
哎呀。
吵死啦!!
呀，怎么了？
喂，太太……
呀？难道是诱拐？
啊，什么？
太太，来一下……
呀，非常抱歉！
啊啊啊！哇啊——
嗒嗒嗒
好好，别哭啦。
呜，我要回家……呜……

发生什么事了？
嘿嘿。
没事！
啊
啊啊啊啊啊
真的没事!!
ピュ
ブルン
ガチャッ
喂，等一下……
哇啊啊，我要回家……
呼……
呼……
可恶……
嘿
嘿
嘿哈！
嗯？

今天真热啊！
是啊，虽然下雨也很烦，但这么热……
哈
哈
嘿
嘿
哈
嘿
哈
嘿
哈
嘿
哈
嘿
啊呀！
有小偷！
来人啊!!
唉……
妈妈……呜……
哇……
呜……
呜呜……
叔叔……我要回家……呜……
……

你是个男孩子，哭什么哭！
喂！喂！别用怨恨的眼神看我！都是那个胖子的错！
而且不知道你家在哪儿，怎么回……
びびり
去……
但是……
小纯想回家……
想回家，
呜呜呜……
哇哇哇
不会吧？难道……
看上去不像父子啊……
啊，在看我们……
怎么了？
哇?!
ドキッ
不会是人贩子吧……
好啦，别哭了，叔叔带你回家……
呜……真的？
真的。但是不知道你家在哪里，妈妈肯定也很担心你……
想给小纯家里打电话……所以……
呜……我爸爸的名字？

ヴィィィ
ヴィィィィィィィィ
可恶，怎么偏偏是这种名字！
咔嗒
您好，请问您家孩子叫小纯吗？
呃……这样啊……
打扰了……
丁零零
啊呜 啊呜！
还得打多少家才能找到！
简直像噩梦……
鈴木博……77 5 5
鈴木博……91 9 2 3
鈴木博……92 8 5 2
鈴木博……93 0 7 5
鈴木博……94 1 4 2
鈴木博……96 0 5 3
鈴木博……97 7 0 2
南大泉3-
豊玉北4-
平和台4-
谷原3-14
豊玉北2-

什么？身材瘦削的男人……
是！巡警看到有一个开着货车的男人，
带着长得像小纯的小孩……
嗯……果然是多人作案……
丁零零！
丁零零！
チリリ
准备电话追踪!!
嘟噜噜
咔嗒
您好，请问您家孩子是不是叫小纯……
小纯还好吗?!
啊？
求你让我听听小纯的声音！
嗯，那，那个，事情是……

刹车
ヴヴィィ
那个……小纯没事，我好好地照顾他了……
嗡
我已经按你说的，准备好钱了！
等，等等！
我不是！
什么是不是！快把小纯还给我!!
确定信号位置了！
好！
不是……我是小纯……
嘀——
嘀——
嘟
喂！
喂！

可恶！
十元硬币！硬币！
……呜！
可恶……
××町二丁目的电话亭!!
通知所有巡逻警车！
快走！
可恶……
哈……哈啊……
不是我干的啊……可恶！
可恶
咔嚓
是的，那小孩和你没关系。
啊？

嘿嘿！
啊?!
你……
你是！
呜！
乖乖睡吧！
干什么呢!!
呀啊！
我说了和你没关系！
呜呜！
谁能报个警啊!!
颤抖
呀，小纯，吓了一跳吧？

没事吧……
继续和叔叔一起兜风？
喝多了吗？
不要！
怎么啦？
因为叔叔是坏蛋『尤乖饭』！
呜哇—
咳、咳！
叔叔！
ヴゥゥゥ
吱
叔叔，回家吧！
喂，叔叔！
!!

就是那辆货车！
哼！
啊……
叔叔！
回家吧！
ヴゥゥゥ
ガガガ
哇啊！
快追！别让他跑了!!
封锁道路！
那边的年轻人，别挡路！想被撞吗!!
小纯……
你干什么，快让开!!
吸——

可恶！
前面的货车，停下!!
嗨呀！
啊?!
?!
快停下！
你这混蛋！

哇啊!
叔叔!
小纯!
唔!!!
去死吧!
可恶!
ガッガッ
ギュル

快下去！
好痛！
ガガガガガ
哎呀！
叔叔！
小纯！
可恶！
啊！
ブヴウウウ
!!
你这！
大肥猪！

ドサッ
ガシャン
タダダ
呼——
叔叔！
……
ピクピク
终于结束啦。
以绑架的嫌疑逮捕你。
啊？
……

有为青年!!
救出被诱拐儿童!!
诱拐犯迅速落网!!
哎呀……误会你是罪犯，真不好意思……
将你这么好的青年当成罪犯……
没什么，弄明白了就行……
请来这边……
啊！
啊……哈哈，原来是女孩子啊。
快看，这是谁呀？
嗯！
嗯……
『透扯』……
嘘！

<完>

梦的化石

客人

我们从今天开始就住在这里吗？
是的，可以尽情地弹钢琴了。
嗯——
这样老爸也算是拥有一座城池的首领啦！
嘿，说什么大话！啊哈哈。
爸爸，咱们养条狗吧，狗！
养狗挺好……
抱歉来晚了。
您辛苦了！

请将这个搬进厨房。
妈妈、妈妈，我的呢？
按照顺序搬东西，马上就轮到你啦。
小心！
哦！
嘎
！
喂、喂！
房子和家具都是刚买的，小心点啊。
嗒嗒嗒
？
！

哥哥，挡路啦！
……啊
敦、敦子，刚才……
和彦，别只忙自己的，
也来这边帮帮忙。
啊……嗯。
啦啦啦~

嗯……
要四份最上等的寿司……不，五份吧。还有两份金枪鱼盖饭……
三丁目的……今天刚搬来。对，姓大月。
和彦，怎么样呀？
怎么看都不像二手房吧？之前的房主
因为某些情况……
情况？
而且到手价很低。离车站近，地价还在不断上涨……嘿嘿。
刚建好三个月就出售，老爸能够找到这里，运气真是好。
爸爸，之前的主人……
果然独栋就是好啊……真宽敞。
唉……以前住的福利房……
可完全没法比嘛，啊哈哈哈哈哈！
开玩笑的，啊哈哈哈。
哎呀，孩子他爸真是的——

孩子他爸，可以去洗澡啦。
好——
砰
敦子，要不要和爸爸一起洗啊？
不要！
真的不和爸爸一起洗吗？
哈……
嗨！和彦，一起洗澡……
啊——?!
呼……
大月义男四十二岁时终于有了自己的房子……
现在我终于能独当一面了……
?

头发？
说不定是孩子他妈的？
和彦！
下周也请继续收看哦！
アワビ
身体不舒服吗？从刚才开始就一言不发……
啊？
哥哥肯定是肚子疼！那你就别吃寿司啦！
吵死了，笨蛋，不是这个原因！
而是……
哇啊啊啊啊啊啊！

孩子他爸！
啊！
啊呀
呼
呼
呼
哧
哧
孩子他爸!!
咿——
咿——
咿——
怎么成这样了？
浴室里发生了什么?!
有手印？
呼……
和彦，拿毛巾来！

……唔
ペタッ
啊哈哈哈哈！
呀——抱歉抱歉！
真是的，不要吓我们呀。
淋浴喷头的水突然变烫……爸爸以为自己要死啦……
嗞——
哈哈哈哈，干净的浴室就是好！
是啊，比以前的大……
……
大家接下来也去洗吧。
但是要小心淋浴喷头。
孩子他妈真是严格！

ドサッ
呼——
……
没有邻居和楼下太太打电话来……
难得清静……
不愧是独栋住宅……

咕噜
咕噜
咔嚓
咔嚓
……真是的，是房子吧……
咔嚓……
说了好多遍……又不买回来……
啊？
唉——算了，算了。
我去买吧。
妈……妈妈……
咔嚓
妈妈！低筋面粉可以吗……
啊！

咔嗒
我回来啦。
啊——好饿啊。
欢迎回来。
啊？奶奶，你……
来啦……
真是的，明明已经成了我家的媳妇……
哼，哼。
咦……
啊啊啊啊啊啊！

妈妈妈妈……
奶奶怎么可能在家里?!
啊?
为什么要撒谎?明明去年参加了奶奶的葬礼呀!!
对吧?!
呜呜……
可是奶奶确实在呀……
奶奶的鬼……
敦子!
这个家里绝对不会有那种东西,对吧!
哼
哼
哼
啊,和彦,你回来了。
呜——
大人都不理解我……
我回来了。

向左外野来了一记漂亮的安打！这样一来一人出局，满垒！巨人队的机会来了！
好呀好啊好啊！
现在到第四位击球手了，原！
孩子他爸，早上上班来得及吗？
啊，我提前到啦。
比以前早了五六分钟，这里真是个好地方。
是呀，敦子的小学也更近了……
ポポポ…
而且旁边就有超市。
和彦怎么样？
转到附近的中学更好吧？
嗯……但是只剩一年就毕业了，而且不算很远。
敦子，你喜欢这个新家吗？
！
怎么了，敦子？
啊……哎呀呀呀呀——
敦子？

!
啊……啊……幽……
怎么了，敦子?!
刚才就说了些奇怪的话……
明明什么都没有！什么都没有！
啊?!
咦！
啊呀……
敦子！别开玩笑了，好好吃饭！
パクパクパク
到了643的双杀！
巨人队错过了绝佳的机会！

简直像是『皇帝的新装』
爸爸他们明明也看得见……
大家都变得神经兮兮的。
最可怜的是敦子，比起幽灵，她更怕妈妈。
说什么蠢话！
パンッ
哇啊……
话说回来，幽灵这么多……怪不得之前的人立刻转让了。
咔嗒

カチャッ
因为这个声音，我没法集中精力学习，而且……
哥哥……
去厕所的次数变多了。
敦子！
喂，敦子，快点啊！
等等……

喂，敦子！
敦子……
敦子！
哥哥……哥哥……
哥哥！
敦子！
啊！
呀！

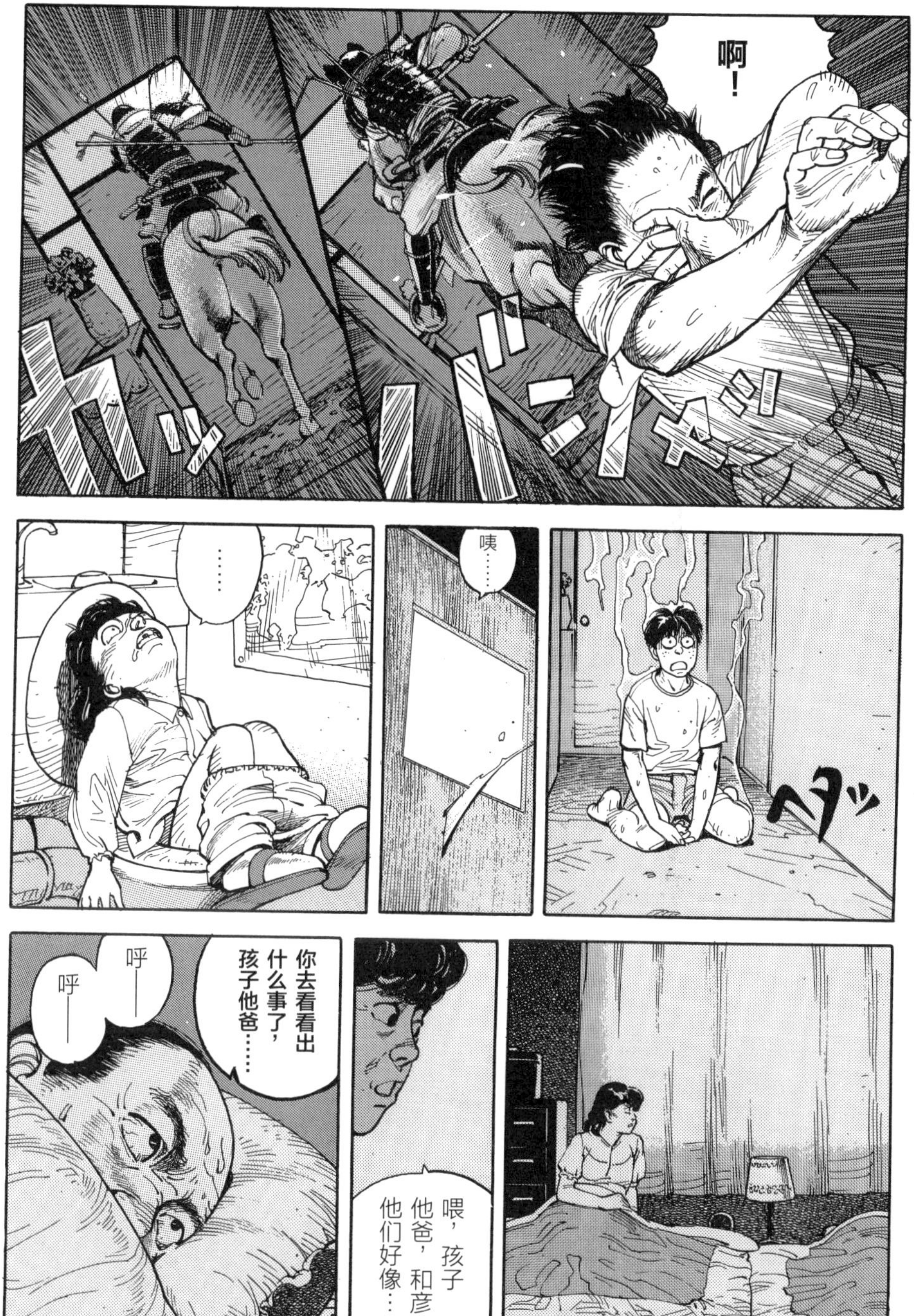
啊！
ヘタッ
咦……
……
喂，孩子他爸，和彦他们好像……
你去看看出什么事了，孩子他爸……
呼——
呼——

咔嚓
唰唰
咔嚓
咔……咔……
咔嗒咔嗒……
孩子他妈，有件要紧的事……
明天，就是周日晚上，公司的人要来庆祝乔迁之喜……
啊?!
没什么好惊讶的吧，难道说有人来不方便吗？
カラッ
カラーン
啊
不，只是你突然这么说……

怎么啦——什么都不用担心……
呜呜……
有敦子在真好啊。
ギ
ギ
ギ
ギ
ガタッ
阿弥陀佛 阿弥陀佛 阿弥陀佛 阿弥陀佛
護符
虽然我不够诚实……
啪！
啪！
爸爸?!

干杯！
这房子真不错。
没什么了不起的……
而且离车站很近。
科长真会买！
喂，别说得像买了条领带一样。
我接下来可要为这个家努力奋斗了！
又来啦，又来啦！
说点什么啊！
呀，真是漂亮的房子。
好羡慕呀。
我也羡慕。
哈哈，看吧！从昨晚开始一个都没出现！
護符

没问题吗？
就凭那一张纸……
不过这是爸爸的事情……
啊哈哈哈。
对了，科长。
呀！石田和总务部的小南……
我可是第一次听说。
科长的消息真不灵通！
啊哈哈哈。
呀，是怎样的人？
是吗，真是不能小看石田！
護符

トントントントン
哈哈哈
我没开玩笑。
才没那回事，哈哈哈。
真痒啊，大概是被虫子咬了……
トン
啊！
夫人也来一杯……
啊呀，我……
没事，请。
挺能喝的嘛！
那……
ダダダ
バタン
言っちゃいけないのよ
言っちゃいけないのよ
言っちゃいけないのよ
言っちゃいけないのよ
言っちゃいけないのよ
言っちゃいけないのよ
言っちゃいけないのよ
言っちゃいけないのよ
言っちゃいけないのよ
言っちゃいけないのよ
言っちゃいけないのよ
言っちゃいけないのよ
言っちゃいけないのよ
言っちゃいけないのよ
呼
呼哧
呼哧

※ 上图文字：不能说。

哎呀
嘘——
呜啊
哈哈哈，科长也喝多了。
他竟然能买得起这样的房子……那我也能……
カチャッ
!
スーッ
?
啊？
護符
護符

啊哈哈哈！
那时候林的表情真是不得了，哈哈哈！
是呀是呀。
别提这种事情了，饶了我吧。
咕——
……
咦？大原，没找到厕所吗？
啊……那个……我觉得厕所真漂亮……
是呀，刚建了三个月的二手房……应该算新房，哈哈。
那我也去一下那个漂亮的厕所……
?!
啊……

哥哥——
ガバッ
哥哥，啊啊啊！
啊?!
敦子?!
救救我！
啊!!
嗯……大家怎么了？千万不要客气啊！
多喝点，继续喝！
啊哈……
不用客气……
我已经吃饱了……

是我的错觉吗……
身边全都是白色的东西……不会是……
……呜
呜——
嗯？
啊呀！
呀！鬼啊——!!
好痛！
！
呀！
啊?!
幽灵成灾啦?!

啊啊……
快跑！
バッ
哇！
开窗！快把窗子打开！
咔嚓
我……我的家……
我的家!!
为什么有这么多幽灵？
啊！
受不了了！
啊……
那张护符挡住了幽灵的路!!
敦子，在这里待着！
啊?!
等等啊，哥哥！
ザッ

出口在哪儿呀！
哇啊啊！
可恶！
都怪你买之前没调查好！
我怎么会知道这里有鬼！
你的脑子一直缺根弦！
买这房子你明明也非常满意！
哥哥，你在哪儿?!
呀，鬼啊！
啊！
啊啊啊啊啊！

哇!!
要是没买这房子就好了！
你
你说什么呢！
ドドオン

后来，我们把护符贴在了正确的位置。
護符
地理位置比以前更方便。
义男，这里光是地价就够高了吧？
……
厨房真漂亮……
護符
我家成了幽灵的通道，
爸爸把护符贴在了出口位置，所以才变成那样。
要好好感谢义男啊，房子。
当然啦，妈妈。
外婆，快来看看敦子的房间呀！
但是到了现在，依然时不时……
吱——
会发生恶作剧……
ガシャッ

<完>

妖虎

カラン

孙左!!追兵有几人?
能看到四面军旗!
动手吧?!大人!
说得好，藤兵卫!上!
散开!

ザッ
你没看错吧?!
当然没有!
カサッ
我怎么能认不出辰宣大人?
ブチッ
咝
?!
ドッ
哼!

啊?!
!
可、可恶!

加助！还有一个人呢?!
ドサッ
他没来我这边！
什么?!刚才确实有四个人啊！
大人！新的追兵来了！
！
喂，那边好像有人？
走吧！
与这么多人开战，没有胜算！

？
ザッ
大人，再不走就不管您了！
！
开火！开火！
パンパパーン
等等！你想抛下主公不管？
在下还不想下黄泉啊！

大家都安全逃脱了吧。
大人，现在比起其他人，你自己更重要！
胜宣这家伙，不打倒大人，看来是不会收兵了。
可恶，今早还是友军……而且还是被自己的义弟追赶……
世事无常啊。
喂，藤兵卫。
在！
胜宣大人谋反……这果然是敌人的阴谋……
兴许是今天早上做的梦不好吧？
毫无疑问！
只凭他一个人怎么做得出这种胆大包天的事！

明明再努力一下，就可以彻底击溃敌人了!!
唉，那个蠢货!!
义弟谋反，是我粗心。
可是让我跑了，是他大意。
但要是敌人在后方有支援……
便不可小看胜宣大人……我们人手不多，接下来要有一番苦战了。
我们尽量不开战，除非万不得已，藤兵卫。
明白!
呼哈
呼哈
呼哈
呼哈 呼哈
呼哈 呼哈
呼哈

怎么了，孙左？再不走就不管你了！
我教过你要懂得尊敬老人吧！
藤兵卫大人，
就算回去了，还是要开战吧。
哦？加助，你喜欢打仗？
是！
因为不打仗，我就没法立功啊！
听说藤兵卫大人您是靠枪术出人头地的……
因为我没有地可以耕种。

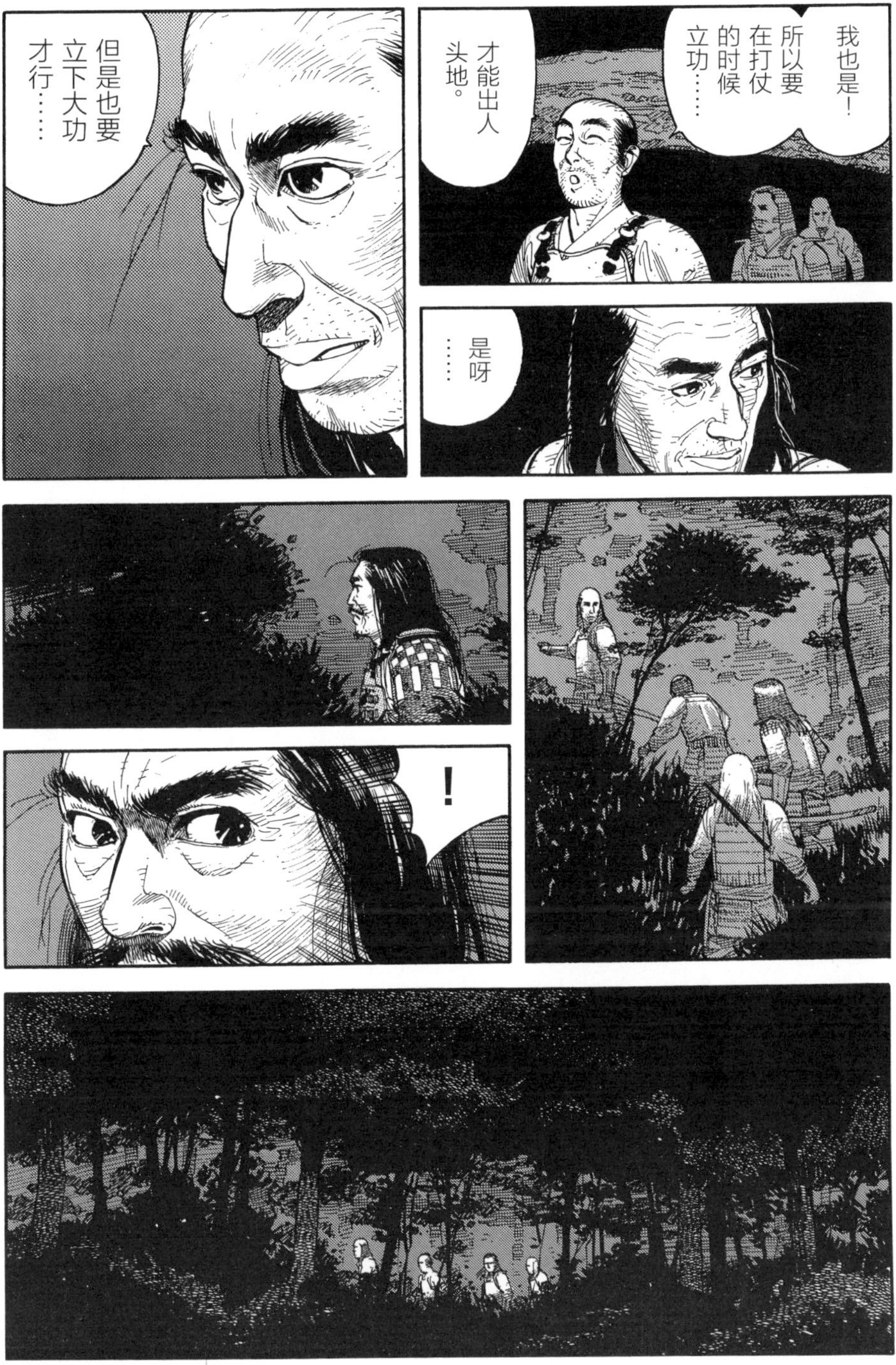
我也是！所以要在打仗的时候立功……
才能出人头地。
是呀……
但是也要立下大功才行……
！

发生什么事了？
也许是我的错觉……
孙左！
哦？刚才的追兵果然还有另外一人？
嗯……本来应该已经死了……
但刚才感受到的气息是怎么回事？
那……那还能有谁……
莫非是流浪武士……
什么！流浪武士来了，也只会被我们杀死。
可是……
刚才的杀气非比寻常……
总之我们小心前进……

胜宣这家伙……真是拼命。
我这颗头可真受欢迎！
哈哈哈哈！
好像都能看见胜宣那焦躁的样子了！

不行！
抓住义兄之前不能收兵！
大人，士兵们从早上开始战斗，已经累了。
而且在黑暗中可能伤到同伴。
我不听！
抓瓮中之鳖而已，派出四十三个人都被击溃，成何体统！
可对手是那个鼎鼎大名的辰宣大人……
你是说我比不上……
义兄辰宣吗!!

那里的两个人！你们在干什么?!
！
对、对不起……
他们都是同一个村的村民……
似乎想复仇，却反而被杀了……
快走！
?!

那家伙就在附近吧！
哎呀，等等！
让我们回村吧！
你们在干吗！
赶紧走！
啊，大人！
在！带路的平民在闹事……
而且……
这、这是……

是『妖虎』！
肯定是那家伙干的!!
是啊！
我们不要奖赏了！快让我们回去！
大人也不要继续搜山了，赶紧下山！
喂，慢着！
那个『妖虎』究竟是什么？
嗯……
嗯……当地的人都很害怕它，如此称呼它……那是住在山里的……
怪……
怪物?!

ザッ
有股奇怪的气味……
气味？在下鼻子不好……
这么说来，确实有……
!

ザッ
有敌人!!
!!
啊!!
ガコ
还有一个!
ガッ
チャッ
!!
ガキ

在下罪该万死！
混蛋！
袭击同伴像什么话！差点就一命呜呼了！
孙左，算了吧。
好……
友宣和大藏，你们没事就好。
可是失去了您托付给我们的重要的士兵……
我也一样。而且友宣今天的应对真不错。
啊！是啊！
不像是第一次上战场，动作真迅猛。
仿佛看到了大人年轻时的样子。
特别是打倒骑马的武士时，真不赖……

喂，听说了吗？
啊……啊……
那家伙有锋利的爪子和牙齿……
被『妖虎』吃了的人，不下十几二十个！
可……可是我们有这么多人……
……嗯。
呀！他们向我们逼近了！
快走。
天亮前到达山的对面。
那里距离堡垒不远。

藤兵卫大人，
城里的人都在等您回去呢。
虽然我还没成家……
大人，快到山脊了！
藤兵卫大人的妻子也在担心吧……
?
加助……
你刚才说想立功……
现在有一个立大功的机会，
你要不要试试……

那两个人怎么了？
啊？刚才说要去方便一下……
当我的家臣吧。
不许说不。
チャッ
藤兵卫！
真……真的？
加助！
ガサッ
两个人一起胜算就大了，不能错过这个机会，加助！
在……在下……
ガサリ

不……
不行！
ダッ
ドン
加助！
大人！
大人！
ザザザ
ザッ
!!
ザッ
啊！

加助！
加助——
不能浪费时间，不要管加助了……
不，再等一会儿。
大人……
哎！找到加助了吗?!
嗯……
加助他……
加助究竟是被什么杀死的?!
突……突然就……
你不是一直在他身边?!
友宣！

南无阿弥陀佛，南无阿弥陀佛……
？
毛？
加助可能被熊袭击了。
可是这毛……既不是狼的，也不是熊的。
……
刚才那奇怪的气味……
这是……
！
这是?!

大人！
ザッザッ
稍等！大人！
还不知道那家伙下次从哪里袭来！
等到日出吧！
友宣大人说得没错，大人。
不一定。
要是再来袭击，就让在下打倒它。
白痴，你打算给追兵指路吗?!
可是继续这样，会一个接一个被杀死啊！
要是追兵来了，我们都会被杀，没什么区别。

?!
呀……
这……这是！
哇！
这也是『妖虎』干的吧……
看上去是……
哈哈哈，大人！
怪物还真不错呐！
辰宣大人可能也……
变成尸体了，正等着您呐。
可能吧……我可不想被他怨恨。

怎么了！
把怪物和辰宣那群人都杀死！
你们听见了吗!!
快走!!
明白！
一两只怪物有什么好怕的！

大……
大人
不要说话。
可……可是……
我已经受不了了!!
别废话。
要是死在这没有人烟的地方……

大人……
振作点，友宣！
バジッ
！
大人！
来了!!
ザザザザ
カ
！
ザ
呀啊！

カン
カン
孙……
啊呀！
孙……
孙左！
哼！
ガサッ

呜！
哇啊！
ザザザ
大、大藏，用火枪！
ドッ
快！
是！
看招！
ザッ
哼！
！
躲开，大藏!!

バン
啊！
啊……那是?!
ガッ
啊呀！

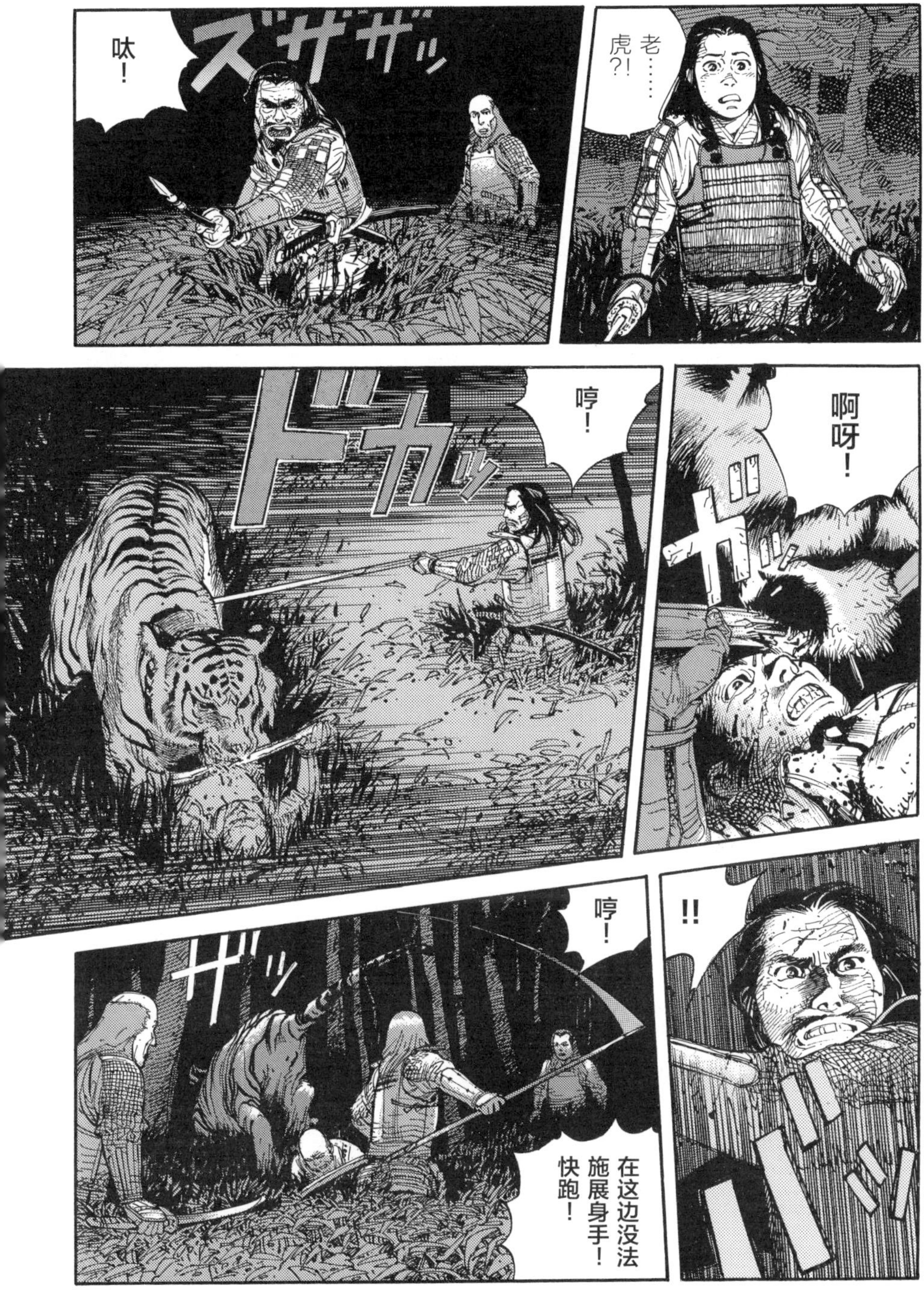
老……虎?!
呔!
ズザザッ
啊呀!
ガッ
哼!
ドカッ
!!
哼!
ザッ
在这边没法施展身手!快跑!

大人！为什么有老虎！
ザザザザ
我从没听说过这里有……
这种事以后再说！
ザザザザザ
呜……
大藏，还好吗？！
啊……说实话，不太好……
ザザ

!
大……
啊呀！
ザｯザザｯ
ダｯ
大藏！
啊……
啊呀！
別离开这儿！
哇啊！
バキｯ
!
サｯ!!

看招！
！
ザッ
ザッ
哼！
哇啊啊啊！
ザザザザザザザザ
啊……

バシッ
大……大人！
太好了！干掉它了！

パアァァァン
ドサッ
?!
啊!!

パパパパアアァン
哼！
没错！
是义兄！
友宣！
友宣！
大人！
快走！
呜……
快走！
ザッ
ビッ

现在只剩我们两个人了，藤兵卫。
ザザザッ
タッ
原谅我！
ガン
怎么了，藤兵卫?!
快走！
ドドドドド

藤兵卫……
在下……要跟随强者！
随你便！
但我的脑袋可不会给你！
大人运气不好。

ザッ
ダッ
ビュッ
呔!!
ダダダダ
!!

呀！
啊！
藤兵卫！
！

チャッ
哼！
看招！
！

扑通

快上！
抓住义兄的人，有重赏！
ドドドドドド
冲啊！
冲啊！
ガッ
呜……

ガチャッ
嗒嗒嗒嗒……

ドドドドド
ドドドドド
ザッ
!!
没……没错！是辰宣大人！
我是来取你首级的！
等等！奖赏可不能独占！
ドドドドドドドド

不愧是义兄！
居然没被怪物吃掉，活到了现在！
义兄……你听好……
我不是为了私利私欲才谋反！
我是为了族里的平安和繁荣……
……

那……就这样了……
请……立刻切腹吧，义兄。
我来给你介错。
等等！
咔嗒
啊呀！
ガシャガシャ
……
哇啊！
呀！
?!
啊呀!!

怪……
怪物啊!!
啊!
!
啊呀!
哇——
快逃啊!

ドドドドド
啊?!
刀借我一用!
チャリ
别逃!快回来!
那可是怪物呀……啊——
!
义兄要逃走了!
快!
快抓住他!
嗯?!

啊呀！
ガッ
！
カキキ
呜啊！
看招！
呜！
ダッ
ダッ

ゴァーッ
ザ
ゴボッ
ドドオー

呼
呼
呼
呼

怎么样了……
拿……
拿火枪来！
等等！
我果然比不过义兄……
光、光信!!

在！
现在开始听义兄的指挥！
谋反就到此为止吧……
快杀了我！
我疼得受不了了……
抬担架来！
义兄……?!
已经……
没有怪物了……

<完>

远足
她拿到了宇宙殖民地的移民许可。
景子明天要去宇宙。
坐最后一班航天飞机去。
就是坐那个去吧？
经她提议，我们决定一起去看看曾养育我们的地方。
但是现在那里禁止进入。十年前的事故导致污水和废弃液体四溢，淹没了那片地下区域。
我们要潜进那里。
我想去拿重要的东西。

伴随着动画电影《阿基拉》上映，这则漫画于1988年在讲谈社出版的杂志《AKIRA WORLD》刊载。新型炸弹炸毁东京，第三次世界大战爆发。三十年后，也就是2019年，一座漂浮在东京湾的巨大城市“新东京”正慢慢成形。这则漫画的世界观与《阿基拉》相同——即便人类已经能生活在宇宙中，街头依然充斥着失去人生目标的老人，养育人类的地下都市也被水吞没……它描绘了一个“新东京”。此外，同一版面上还刊载了题为《另一个2019年》的文章，预测三十年后的未来世界景象。

啊？
怎么了？
没事。
哎，你记得吗？
上小学的时候，我们去野营，一起游泳、做菜……
嗒嗒 嗒嗒
真开心啊……
哎呀，你变得像个少女。
笨蛋。

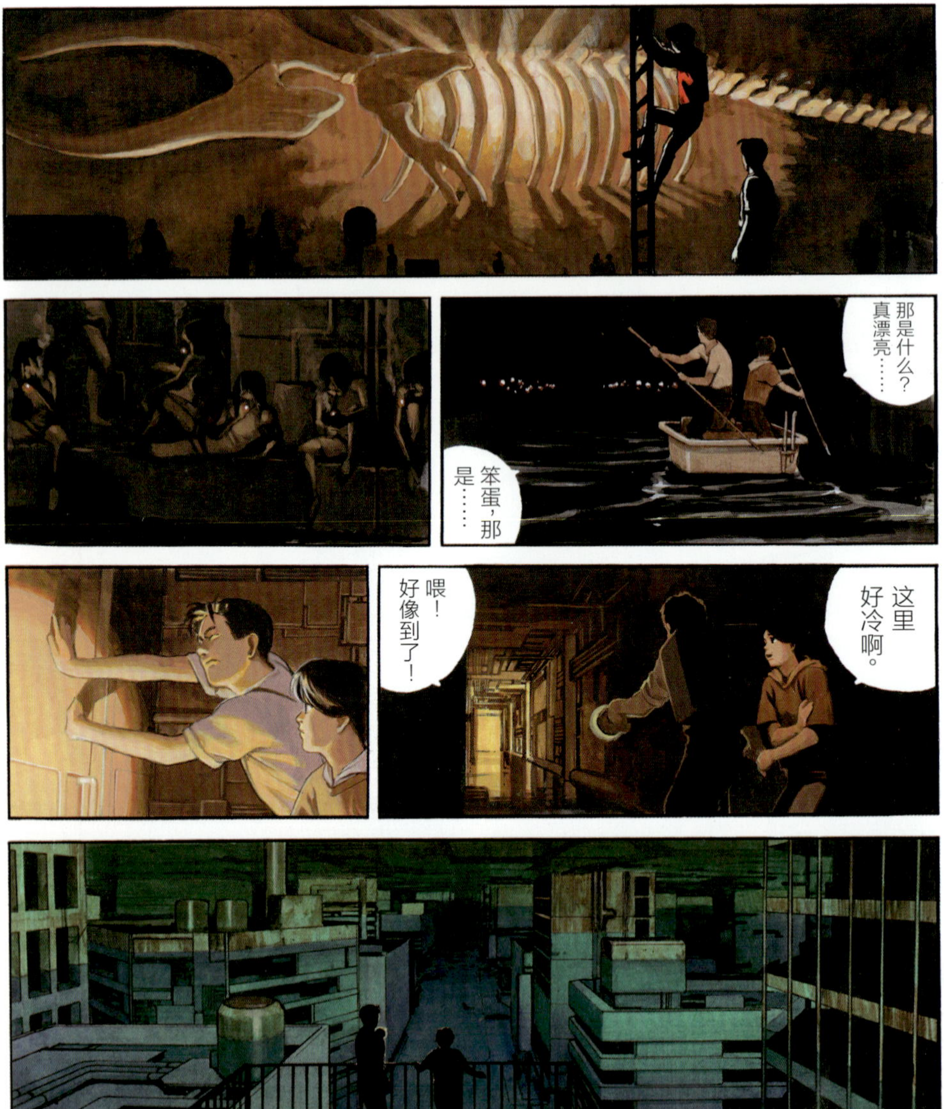
那是什么？真漂亮……
笨蛋，那是……
这里好冷啊。
喂！好像到了！

水这么清澈……
正适合找东西。
好不容易来一趟，真遗憾……重要的东西究竟是什么？
嗯，不找了，没关系……
哼，
看样子已经被别人翻了个遍。

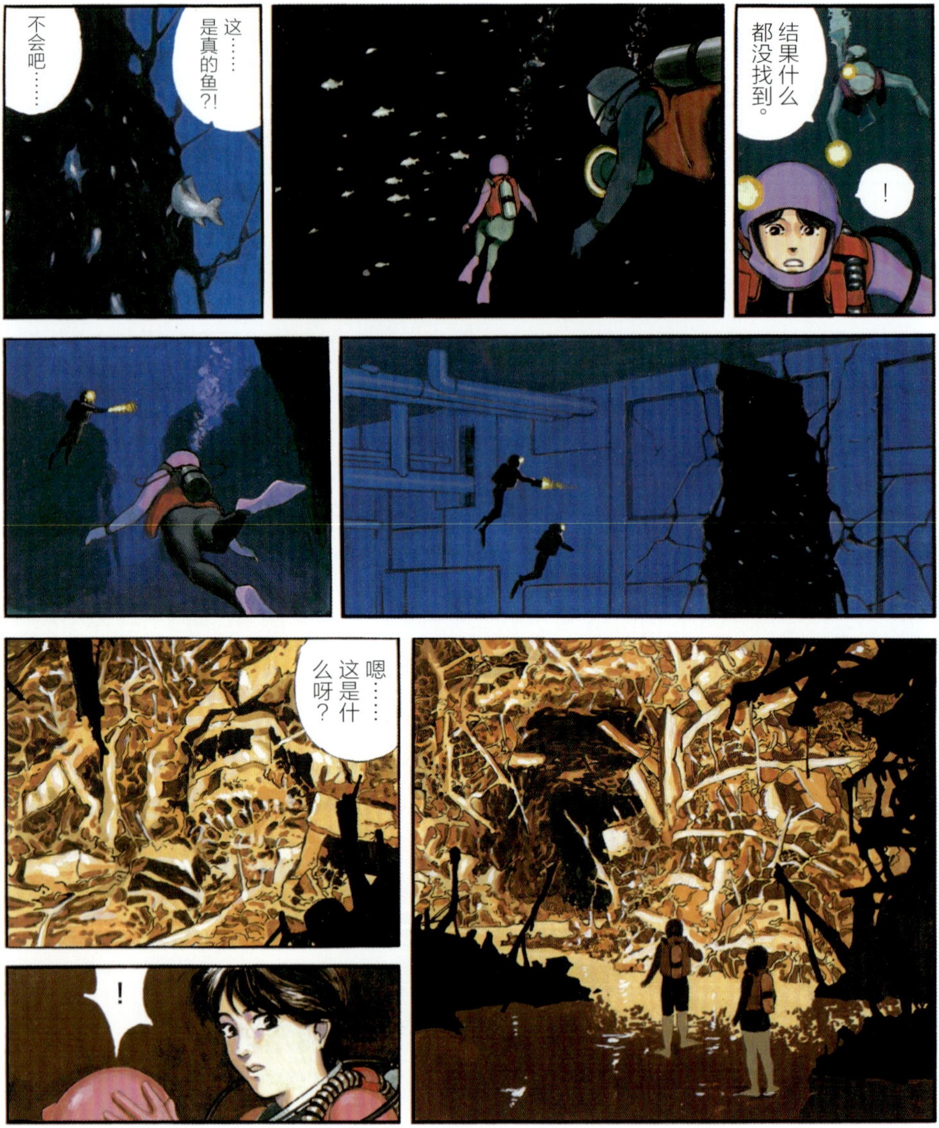
这……是真的鱼?!
不会吧……
结果什么都没找到。
!
嗯……这是什么呀?
!

<完>

今 敏珍藏的鹦鹉螺化石。摄影/村田克己

太阳的彼方

喂——喂，终于来啦。
山上病院
树里，好久不见，终于见到你了。
奶奶，我是理佐，树里是我的姐姐！
我们现在要去海边！
而且要住在宾馆里！
是吗，是吗。
对不起，每次来都这样……
真幸运—
你们好好问候奶奶了吗？
太好啦……

啊？马上就要搬吗？
是的，没有提前说明……实在对不起。
该出发了。
ガチャッ
孩子他爸，妈妈的病房要转到新建的楼里……
……
啊……那个……说实话，我们得赶紧走了。
真是对不起。
嗯……
那我们下次再来……
小心别让孩子们中暑……
好，好。
奶奶再见。
有空再来玩啊！
奶奶也会去看你们的！
一路顺风！

孙女们真可爱啊。
温暖……
是的，非常有活力……
知了——
知了——
这样的天气，去海边真好呀。
是啊。
我小时候，
奶奶经常带我去海边……
嗯？村上奶奶？
呼……
呼……
呼……
中野小姐！
中野小姐！
カチッ
在!!

因为她的家人有急事……
呼……呼……
カチン
真可惜，好不容易得到许可，能让她在外面住宿……
啊
中野小姐，你应该明白吧？虽然你刚来不久，还没适应，今后请多注意。
一点点地……
对不起……
ジリジリジリジリ
……
糟了！中野小姐!!
嘿咻
哇！
カラカラカラカラ
谁来帮帮忙啊!!
唰唰唰唰唰唰

シャアアァ
啊呀!!
シャアアアァ
ザンッ
ますだ
护士长，快联系医院！
我去追村上奶奶!!
タッ
うぅっ
啊!!
糟了!!
シャアア
急カーブ

バン
ヒョオオオキャオ
哎呀，莫非这是天堂……
ヒョオオオオオ
ドカ
等等！
咚
啊！

ゴオオォォ
等等！
竟然撞进别人家里！
ボーッ
ザッ
村上奶奶！
嗒嗒嗒
嗒嗒嗒嗒
不是挺好嘛。
哦哦！
砰
快让它停下！
嗯？有女人的叫声？！

哇！
啊呀！
咦?!
タタタタタ
呼哈！
啊！白色内裤！
赚了！
我的宝宝！
呜哇——
轰隆隆
村上奶奶！
唰——啊

哇哇
哇哇哇哇
哇哇
是谁在哭啊……
ホギャアホギャ
ピーポーピーポーピー
究竟怎么了？
吱—
护士长！
中野小姐，让我来！
ブォオオ
啊!!

护士长！
别管我，快去救村上奶奶！
究竟怎么了！
好痛！
哇啊，哇啊！
啊呀！
哇啊啊啊
?
咔
咔

哇啊！
ゴオッ
看招！
パッ
ギューン
唔！
咦！
ギャアアッ
啊呀，哈哈哈哈！

キャハハハ
孩子他爸，你喝多啦。
看招！
嘎嘎
嗯？
Yeah!
嗯——
噗！
噗
快看，快看！大笨蛋!!
爸爸？
叮咚~♪
耷——拉
啊——
你快看！
トオッ
うっ

※ 自行车上的牌子写着“环游日本”。

カーーン
シャアァ
ドドドド
ガーン
シャアァ
ガーン
村上奶奶！
没事啦！
嘣
啊！
啊哈哈哈！
！

ドォ
日本一周
NISSAN
カン
へ 907
ガャャ
ゴォォォ
バカッ
轰—隆
啊呀！
啊！
咚咚咚咚
好像快停下来了！

一点一点——一点一点一点……
哦……哦！
日本一周
没想到有生之年还能看见大海！
南无阿弥陀佛……
啊！
哦哦!!
シャアアアアア
カラカラカ

日本一周
哦！
哇啊！
ガガガッ
哦哦哦！
呀哈！
啊——哈哈哈哈！

啊呀！
呀！哈！
咕噜。
呼……
爸爸！
我要吃饭！
肚子饿啦！
シーサイドパラダイス
要不要在橡皮艇上搭个遮阳伞？
每小时只要……
嗯？
ガガガ

シーサイドパラダイス
呀哈！
我的宝宝!!
ドドン
自摸！
ドドドド
?

ドカ
啊！
奶奶？
日本一周
吱

向前冲呀!!
<完>

圣诞钟声

圣诞快乐！
这是来自圣诞老人的礼物。
这也送给你吧，小朋友。
丁零
谢谢圣诞老人！
啊——终于结束啦！
CAKE HOUSE

？
？
CAKE HO
563－073
啊？没拔钥匙就把车锁了?!
是的……
哈哈哈，高田，真像你会干出来的事。
……
啊！
把车放在那里，我带备用钥匙去。你先回家吧。
好的……给您添麻烦了。
高田
高田，代我向你夫人问好！
啊……
嗯……
嘀——
嘀——
说要问好，但是她已经不是……
啊……今天也没去交申请书。

啊！圣诞老人！
圣诞快乐！
那么……
回家打扫卫生吧。
圣诞老人，记得来我家啊！
圣诞快乐！
RICHOEN

圣诞老人！
紧紧抓住！
哇！
扑通
终于找到圣诞老人啦！
我是麻衣子，想要个爸爸！
高田

那个……哥哥，哦，不，叔叔我不是圣诞老人啊！
就是圣诞老人！
真拿你没办法……
哇！谢谢圣诞老人！
喂！
圣诞老人！麻衣子……
咯噔咯噔咯噔咯噔咯
想要爸爸！
咔嗒咔嗒咔嗒咔嗒咔

Dream S
告诉你呀，
我不能送你爸爸！只有刚才的铃铛！
Xmas
哼！
别露出这种表情，会变丑的。
对——对，这才是好孩子。
嘀——嗒——
嗒——叭——
你妈妈一定很担心吧，这么晚了，麻衣子还没回家。
所以叔叔要给你家打电话。
嘟嘟嘟——
市内山岡町4-
スカイハイツ4
(782)55
斎藤麻衣子
经常惹妻子生气……
トゥルルル……
圣诞老人就因为这种事情……
嘟嘟嘟……
……

等你到家了，妈妈肯定在。
嗯。
クルクルクルクル
チリリリン！
喜欢它吗？
嗯。
那就别让我送你爸爸啦。
ブウウ

圣诞老人，你的驯鹿和雪橇呢？
啊？
我想看驯鹿嘛！
驯、驯鹿……那个，最近……没什么人用……
圣诞老人是从烟囱爬进房子的，对吧？
啊……那个……
烟囱太窄了，现在都……用快递之类的……
咕。
哇啊！这不是圣诞老人嘛！好久不见！
给我点礼物呀！房子或者地皮!!
高田
呼——
ブォォォ

四丁目要再坐三站才能到。
啊……
爬上这个坡就到了……
你这……
是要去送礼物吧？
通心粉沙拉，再来一遍。通心粉沙拉~♪
这首歌你不知道吗？很有名哦。
好，好。
圣诞快乐！
因为圣诞老人只看深夜的电视节目……
ズスウウウ
チリン！
好冷啊。
…

叮叮当~叮叮当~
叮叮当~叮叮当~
叮叮当~叮叮当~
之后的歌词是什么？
嗯？
哦呵，之后啊……
叮叮当~叮叮当~铃儿响叮当……？
叮叮当~叮叮当~铃儿响叮当？……啊？
叮叮当……
咔嗒！
真奇怪，妈妈可能正在外面找麻衣子吧。
不，肯定还在工作。

原来如此，麻衣子的妈妈很忙啊。
嗯
虽然我妻子也是个工作狂，但工作肯定很顺利吧。
可是休息日经常陪我一起玩……
也会讲有趣的故事给我听。
哦……
圣诞老人也……
多陪陪妻子就好啦。

可是我一提到爸爸，妈妈就不说话……
原来如此……所以你才想让圣诞老人找爸爸。
对不起，没能实现你的愿望……
チリリン!
クルクルク
チリリリン
ピッ
叮！
啊！

哼！我连铃铛都没有了！
我已经没有铃铛了……
能给你其他的东西吗？比如……
我要爸爸。
我……
我在干吗呢？
哟哟！！
ピョン ピョン

无论如何都没法辜负这张小脸……
这是圣诞老人真正辛苦的地方……
好！能够到了……
啊！
ズルッ
啊啊啊啊！
啊！

ドン
？
没事吧?!
呼……
有什么东西掉下来了？
我……我该怎么下去？
啊！
小美家真幸运啊……
呜！
哧溜

圣诞老人！
啊啊啊啊啊！
ツイイイイイイ
啊啊啊！
究竟怎么了？
圣
圣诞快乐！
ドサッ

カシャッ
抱歉，给你们添麻烦了……
哈哈哈
我们才应该感谢你带来了好运气。
小美拿到了圣诞老人的帽子，真好呀。
嗯
这个小朋友是圣诞老人的女儿？
嗯？不是……哪里哪里，算是寄给别人的礼物吧……
丁零……
……
丁零……
有点脏了呢。
丁零……

麻衣子的家应该在这附近吧。
那是我家。
就是那里呀。妈妈已经回来了吧。

圣诞老人也要回家了吗？
嗯，是的……
我还能见到圣诞老人吗？
当然了！如果麻衣子做个好孩子的话……
真的？要是我成了好孩子……

能送我一个爸爸吗？
啊？
这个……
……
妈妈！
チリリ…
丁零
丁零

麻……
麻衣子……
？……是你？

你怎么在这里？
我刚下班回来啊。
啊？你不是来我家吗？
呀？啊……
不是，比起这个，刚才……
……
啊！

进来吧，我去倒茶。
可是你怎么穿成这样？没换衣服……
嗯？啊……
高田
嗯，没什么……
402
斎藤
打扰了。
呵呵，怎么了？像外人一样。
啊……对不起。
可是，对了……
カチッ
ボッ
你还没交出去？
離婚届
高田 智
1960年9月29日
東区幸町
那我就还是『高田』友子。

要不就一直这样吧……
要……
ピイイイイイイイイイ
我想继续和你在一起。
就算是为了这个孩子……
カチッ

<完>

※本作品的原稿已遗失，书中收录篇目系从原刊杂志翻印

可恶！居然轻易就输了！
失去了元首给我们的兵器，
士气早就泄了!!
先不管你的纪律会议了！
喂，快来帮忙！
吱吱
曹长，别吹口哨啦！
曹长！

你说什么!!
继续按这个方向前进，应当会遇到友军！
『应当』？你还真敢说，明明连方向都搞不清!!
曹长！回到原来的路线上！
好痛……你干什么！
咕噜咕噜
别大口喝水！
混蛋，别站在坦克上撒尿！
沙子！
沙子！
这里全是沙子啊！
ビュオオ
你以为是来洛桑旅游吗?!
说什么呢！

米兰达……
马利亚……
多米尼克，多米尼克……
咻咻咻
啪嗒
快点来打水，曹长！
哈哈哈，有水啦！
烦死了！

ドズン
啊！
哇！
曹长！你要干什么?!
你看看不就知道了！
ドドドド
你打算在沙漠里淹死吗！
吵死了！
坐好了吗，少尉?!
ドドド
好——出发！
ドドドドド

我饿了……曹长……
现在没法点餐！
这是最后的食物！
马上要关门大吉啦。
那就对不住了，我得把多米尼克送回家。
桑德拉才是，我得说多少遍！
真是固执的家伙！
ガガガ
?!

少尉！快射击！
!!
ドン
打中啦！打中啦！
パン
就这样再打一次！少尉!!
ドカドカドカ
?!
哇啊！
炸死他们，少尉!!
上啊！上！

<完>

梦的化石

芭蕉翁与忍者军团在信州的殊死搏斗告终后，他在江户的深川度过了一段平静的时光。
——元禄二年
芭蕉庵
嗯——师父现在不在呀……
芭蕉翁的冒险
我会告诉师父的……
所以请明天再来吧……
明天，又是明天，已经五年了！把本金还回来就行了……
那个师父总是说着『到吃沙丁鱼的季节啦』，『到吃鲣鱼的季节啦』……
笑着把我的鱼拿走……
快把欠的钱还了！
还有装饰壁龛的俳句……
下次肯定还……下次肯定……
叽
啊，师父！
曾良啊，社会就是这么险恶，着实难以生存……
可悲可叹，啊——可悲可叹。
这么悲惨的话，要不去旅行吧。
这是趁着晚上溜走吧。
芭蕉庵

曾良啊，春天要过去啦……
啊……
喂！
等等!!
芭蕉！
欠的钱！
快还回来!!
劳烦大家来送我，真抱歉……
嗯……
作句帳
芭蕉
一句
匆匆春将去
鸟啼鱼落泪
伴着惜春之情，芭蕉翁在旅途中留下了寂寞的回忆。借钱给他的人和鱼店的人都想哭泣……这就是芭蕉翁所咏唱的旅情。
混蛋！
不亚津苦汤！
真是乞人!!

<完>

梦的化石

※本作品因原稿遗失，故翻印自千叶彻弥奖获奖作品集

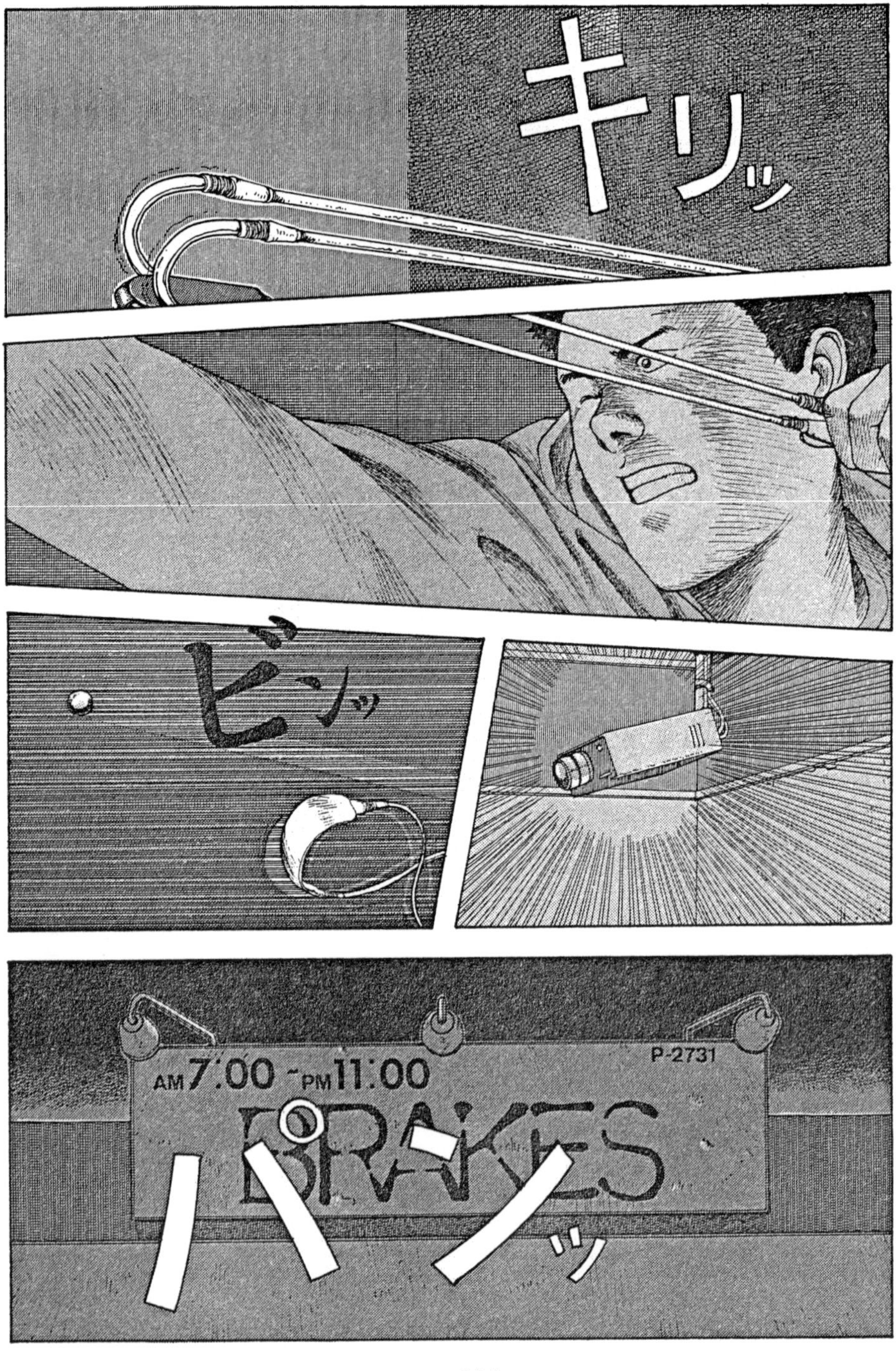
キリッ
ビシッ
AM7:00 ~PM11:00
P-2731
BRAKES
パンッ

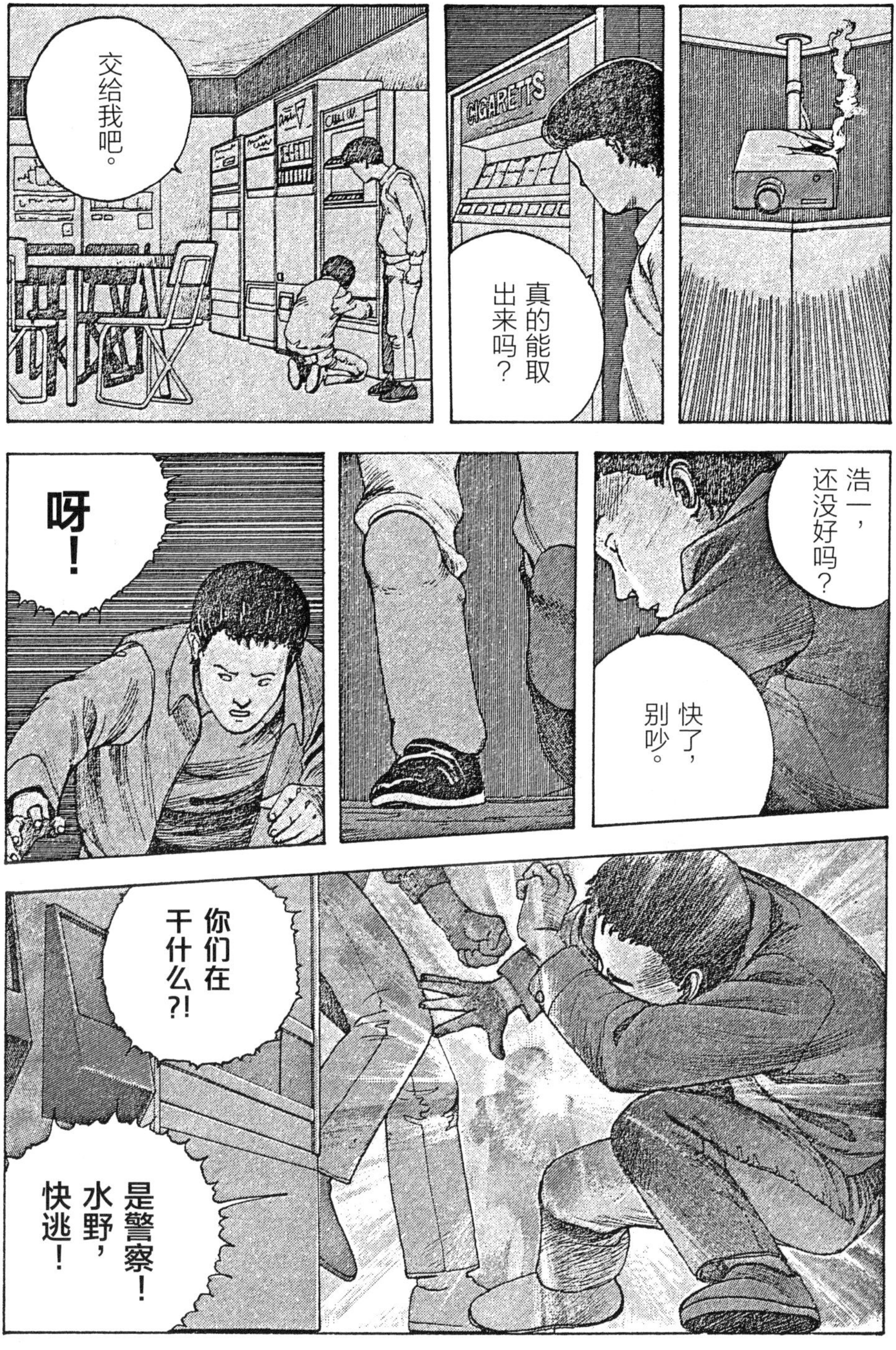
真的能取出来吗？
交给我吧。
浩一，还没好吗？
快了，别吵。
呀！
你们在干什么?!
是警察！水野，快逃！

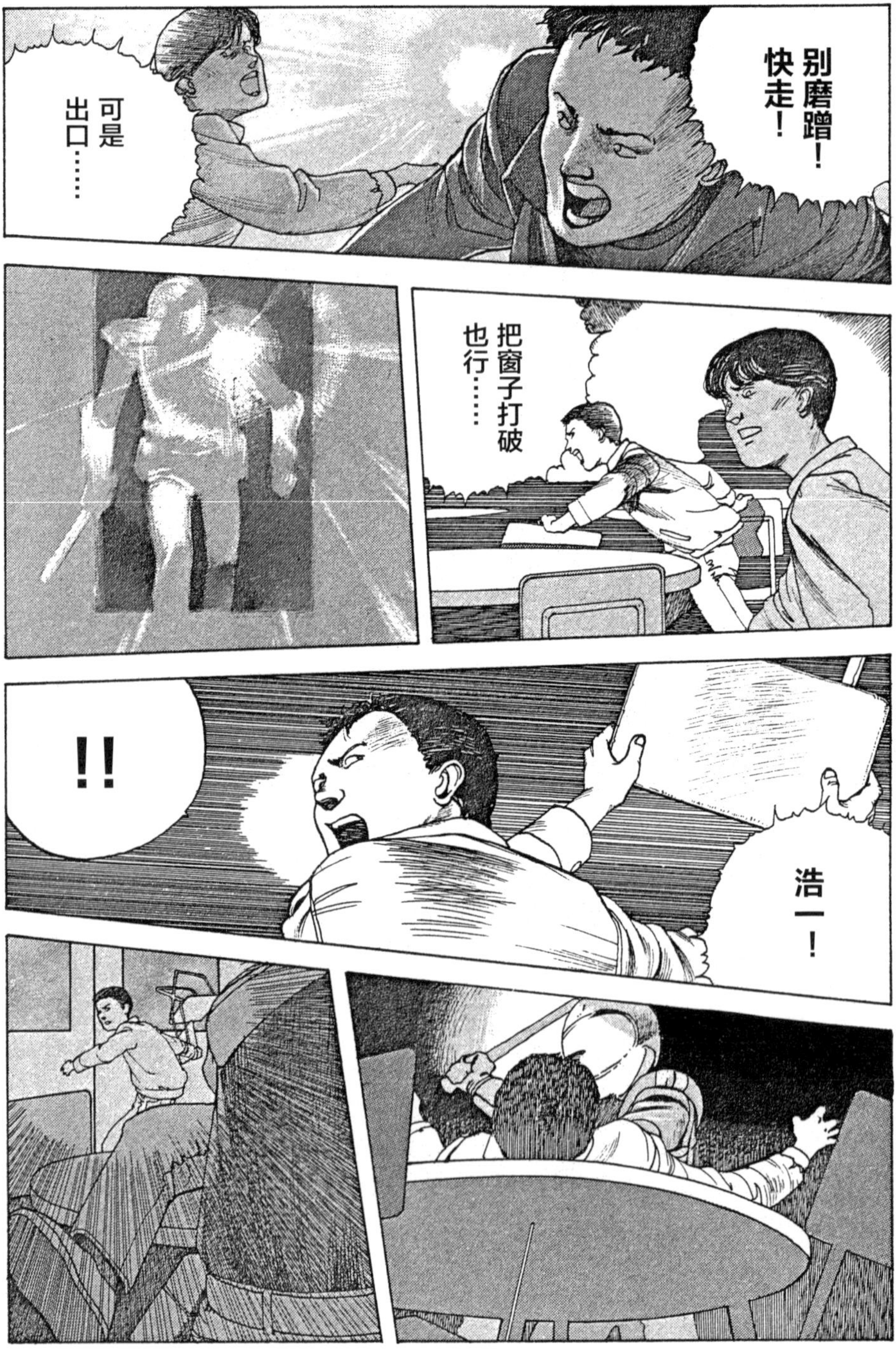
别磨蹭！快走！
可是出口……
把窗子打破也行……
浩一！
!!

オオオーオーオ
ガクンッ
バキーン
?!

不得了啦！不得了啦！不得了啦！
浩一和二班的水野——
被逮捕了?!
他们想在BRAKES烟店偷香烟……
所以被警察抓住了。
然后呢？
两个人都被带到中心关禁闭了。
两个人都失算啦。喂，雄一！
怎么了？一脸郁闷，是不是想装病？

才没装，真的生病了。
说这说那的，就是想早点回去吧？太、天、真、了！
不可能，不可能。医务室的大妈不会轻易答应。
哎呀！真的发烧了！
虽然不高……还是回去休息吧。把卡片给我。
程序只允许你今天休息……
如果明天还是不舒服，记得在医院登记缺席的信息。
立刻回家休息，不要乱跑。
好的，谢谢。

Pi
请插入卡片。
哔——
请确认编号及缺席理由。
赶紧开门！
即将开门，请取出卡片。
请多保重。
真烦人。

SPINNER
BOOKS
哎呀，这姐姐第一眼看上去挺漂亮……
喂！你！
没想到还真丑……
那边的，过来一下。
呀！警察！
离放学还早，你是怎么了？
提前回家。
哼，又来了。
我的卡片里有信息。
这样啊，能让我检查一下吗？
咔嚓

抱歉怀疑你了。
没、没什么……
说什么『抱歉』!!
7:00-11:00
P-273
BRAKES
要是真的觉得抱歉，
好歹有点道歉的模样啊，这机器警察……
真是的，什么都要卡片，烦死了。
哎呀！
没有摄像头。

注意
近日（9/30），有两名未成年人在敝店做出了恶劣的行为，现在正接受教导，被关禁闭。请大家以此为戒，不要再犯。
BRAKES店主
什么，说的是浩一他们吧。
啊！
啪嗒！！
ARETTES
请插入卡片。
喊！真让人火大！！
カシャン カシャン！
又要卡片，没办法。真受不了……
咦，不退钱？坏了吗？
请插入卡片。
呀！
别小看人！那可是两百日元！

啪嗒
哼哼！我有天下无敌的ID卡！
ジィー
!
ERROR
法律禁止未成年人吸烟，请注意！
请取出卡片。
这……
ガッ
真是太过分了!!

叮咚
咔嚓
啪嗒
啪嗒
啪嗒
嘣
我回来啦！
欢迎回来，吃了吗？
吃过了。
哇
咚咚——
啪嗒
咚咚！！
还有一个人！
……
……
你回来啦。
我回来了。
听说你发烧，提前回来了？现在好了吗？
啊，这枪真好……
嗯，我好好睡了一觉。
这样啊……没生大病就好。

嗯？怎么了，板着脸……
雄一，你今天……
……
居然想去买烟？
中心联系我们了……
嗯……
他们说以后绝对不要这样了……
你骗我吧！
没骗你……
……我明白了。
再也不干了……
晚安。

キィッ
啪嗒
嗯——
已经一点二十啦……
白天睡太久了。
真是个倒霉的日子。
一定要除掉霉运。

ぺたっ
咔嗒
哼
以为我什么都不知道！
我可知道得清清楚楚！
チャリ…
哈哈哈，真是轻而易举。
カチャッ
盯——
キ…ッ

除厄运，除厄运。
……
……
啪
拜托啦。
カラカラカラッ
真幸运

是的，就是这样……
嗯，他……
刚刚从家里出去……
嗯，我儿子的编号是AB09047D……
嗯，那么拜托了。
チン!!
……说明天要带他走。
ス
FREE TALK
LIBERAL HOUSE
求你了，就让我喝一杯嘛。

就算你这么说，我也没办法啊。
我的卡真的丢了，所以……
不行，不能信任没有卡的人，
小伙子。
我明白啦，你这章鱼老头！
ドン
你说什么！
再见！
ダーン

不会吧……
这个人没带卡片，快抓起来!!
你，请出示一下卡……
ブロオオオオ
啊！
在追捕『市外族』！
CONAN
FREE TALK

已按照原计划将他逼到了那边，
接下来就拜托了，RP32！
快停下！不然我就开枪了！
快停下！

ドガン
哎呀！打中啦，真厉害。
バタバタバタバタ
今天这阵势真不错，明天的新闻有啦。
不过，最近天天如此。
难道不好吗？不无聊就行……哦，这次是车。
バム

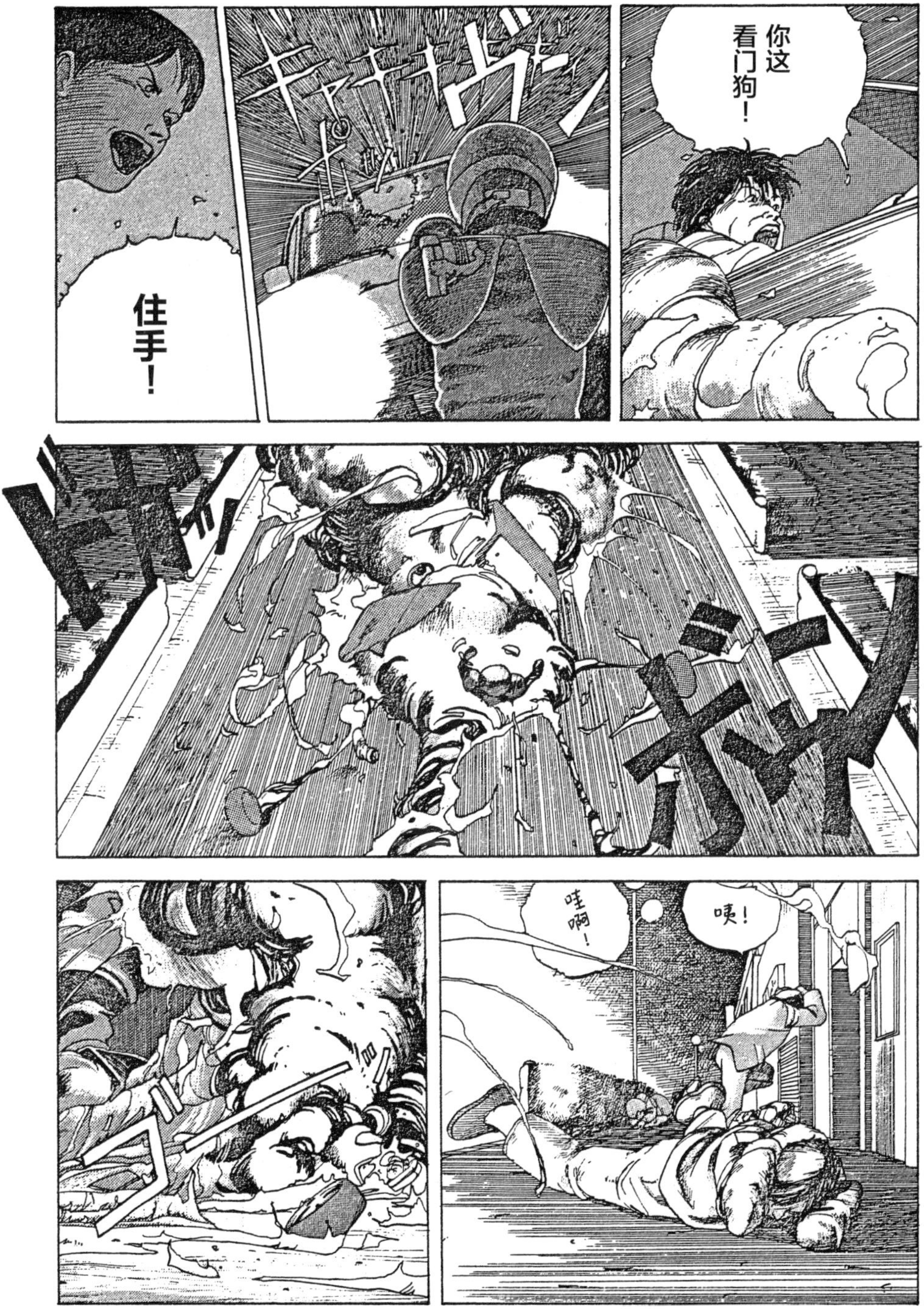
你这看门狗！
住手！
咦！
哇啊！

ヒエーッ
究竟怎么了……
?
防暴警棍!
怎么办?
赶紧处理事故,叫救护车!
做得有点过头了,真糟糕。
要是有市民受伤……
比起那个,机器警察坏了更糟糕。
写份报告就行了吧。
掉在地上的~可以拿走吧~
真糟糕……
呵呵呵,真有我的。

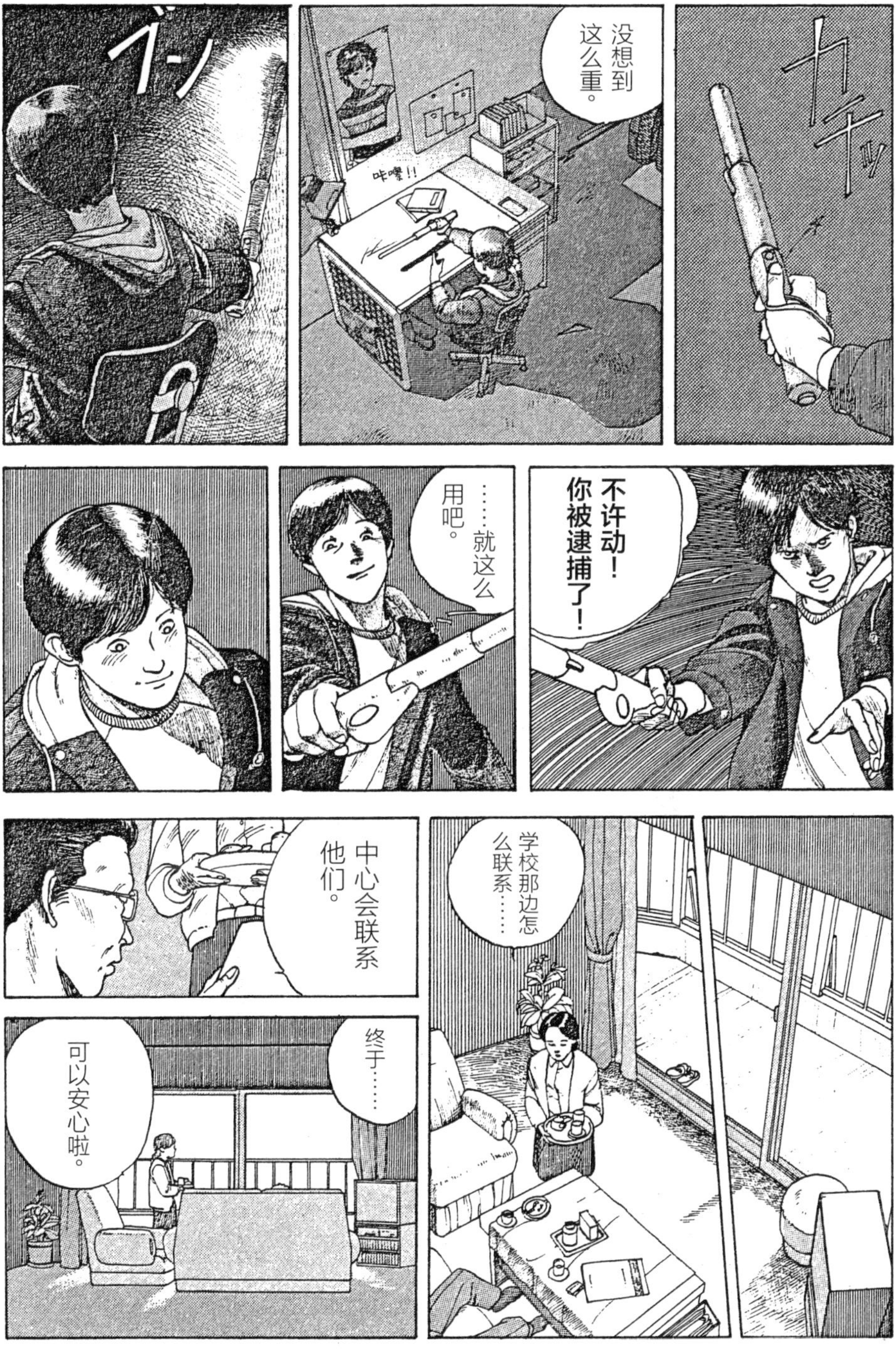
カチッ
没想到这么重。
咔嚓!!
ブーン
不许动！你被逮捕了！
……就这么用吧。
学校那边怎么联系……
中心会联系他们。
终于……
可以安心啦。

雄一！小雄！小雄一！你这是怎么啦？
怎么了？
什么怎么了？
你今天很奇怪啊。
啊……是吗？
哎呀，架子摆得真大。
昨天晚上？啊，追捕『市外族』吧。
真厉害。你没看到？太好啦。
嘿，不说这个了，昨天晚上的事上电视了吗？
别这么说啊……

说什么呐。悄悄告诉你，其实我昨天在现场！
……
呀~这可真是巧了，我只讲给你听……
哈哈哈哈
可厉害了！
我当时也在那儿。
你家在三楼吧，能跑出去真厉害。
哼！
怎么了?!
你这种口气是什么意思?!
哎呀，校园暴力已经过时啦。
而且记得把扣子扣好，小心片山老师训你。
哼！那老师有什么好怕的！
哎呀，古桥，你什么时候变得这么会讲话？
ドキー

抱歉。
回到座位上去！
有重要的通知，被叫到的人站起来。
居然真的有！
AB122 67F……
果然是喊号码！这次是谁？
是谁啊？
啊？！我……？
AB07 12C……
可恶。
笨蛋。
你又干了什么蠢事？
还有AB09047D，这三个人。
我？

继前几天发生的事情之后，我们三年级二班，竟然有三个人要被送到中心关禁闭。
在遗憾的同时，
你们要以此为戒，不要重蹈覆辙。
作为学生，半夜在闹市区乱逛，不遵守学校的规定，
当然要予以惩罚。
无论如何，失败的恶果只能由你们自己品尝。
比如这三个人。
哎，让你们在中心关禁闭，多少能成为更好的人。
就因为这个……
啊……怎么办？

又来偷窥？
雄一！
昨天为什么不骂我！明明看到了吧！
我走了。
真是气死了。
怎么了？
我爸妈，他们说我总是顶嘴，应该送我去中心比较好……就因为这个。
话说，最近中心的女孩子都是没做什么，就被父母送进去了。
我是因为总被老师盯着。

真是气人，想把老师一拳打飞。
别说根本做不到的大话了。
你说什么！刚才就……
住手。
哎呀？
浩一!!
怎么都来了？
哼，真不好意思，我们要被送到中心关禁闭了。浩一，你什么时候出来的？
嗯。
啊，就是今天。我现在回去。
中心怎么样？
嗯……没什么……
干吗呀，告诉我们吧。
啊，但是……
我不记得了……
不记得？

< 待续 >

梦的化石

虜
— TORIKO —
<后篇>
今敏
AB09 047D

他说不记得……这是什么情况？
也就是忘了呗。
说什么胡话。
难道记忆被消除了……
这又不是科幻片。
说不定就是呢。你没注意到浩一的样子吗……
这个……看上去有些没精神……
是的。
有些？
那么顽固的浩一，被关一次禁闭就会变老实？
难道和传言一样，被洗脑了……
喂，来这里！

片山!!
赶紧过来！
那张脸真叫人讨厌。
你们真幸运，能在这么美好的地方待两星期。
我都羡慕你们啦，哈哈哈。
老师！你这么说是不是太过分了！
我说得过分？古桥，让开！

寺泽，你以为你是谁？
嗯？
想一想你们为什么来这里？
是为了闭门思过。
是啊，你们是不合群的人，要是把你们这样的人放走的话，
会变成『市外族』那样既没有卡片也没有秩序的无根野草……
他们比你更像人！
你这种人根本不配当老师……
!!
看招！
校、校外暴力！

怎、怎、怎……
怎么办啊！这、这……
干出这种事，你以为会没事？毫无疑问……
会得到一级禁闭的处罚……
既然这样，那就把这个中心……
彻底破坏掉！
你们在那儿干什么?!
这是我一个人干的，你们保重。
不许动！
我也去！

你也是同伙！
我……我不……
う
バンッ
纯子，快点！
老实点！
这个混蛋……
看招！

小心背后！
啊？
ドゴッ
哎呀！
呜……
你还好吗？
可恶！
好！太好啦！
好什么呀。
嗨呀！

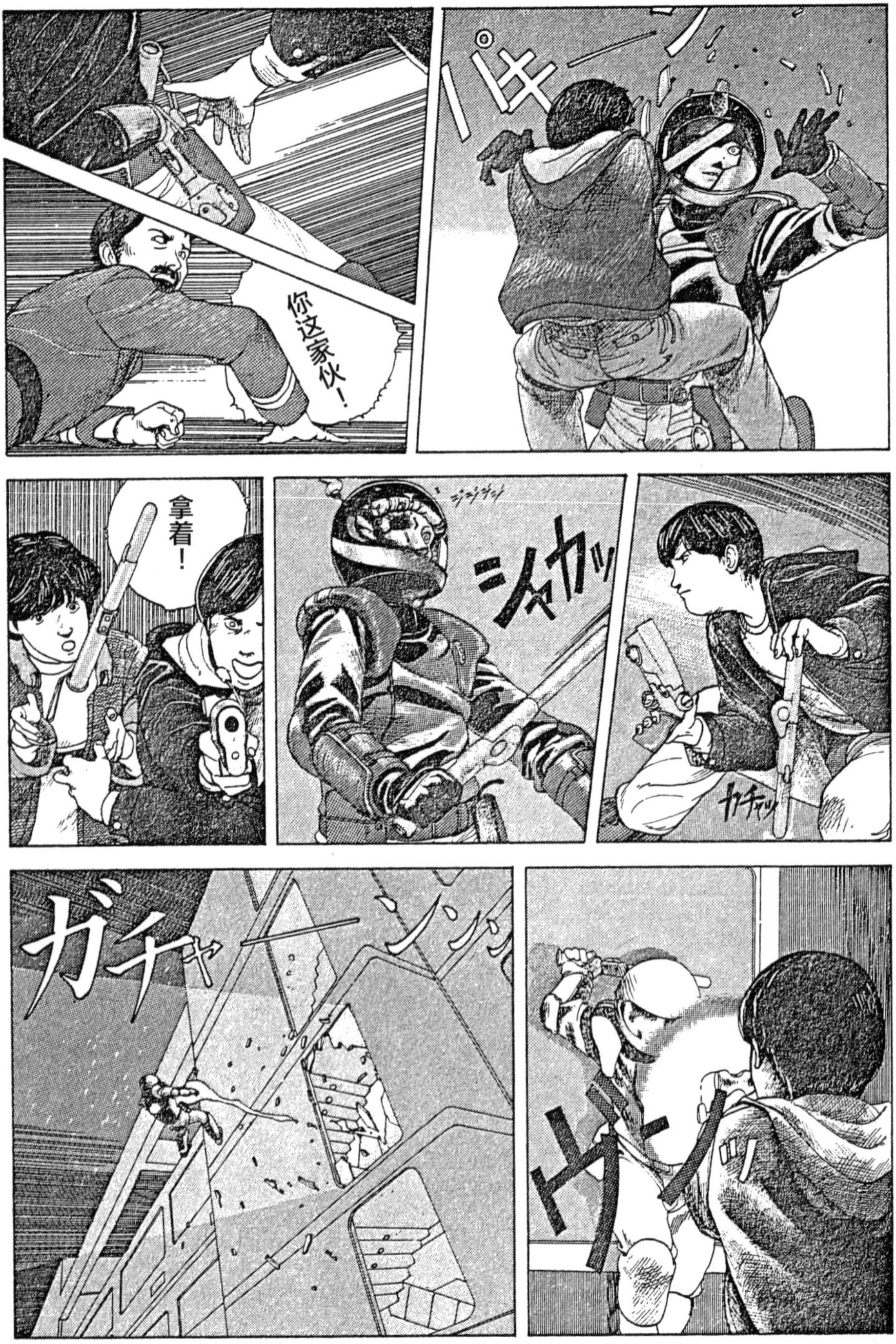
パキーン
你这家伙！
カチャッ
シャカッ
拿着！
ガチャーン

喂，现在怎么办？
计算机母体?!
可是我们还不知道它在哪儿……
要把控制他们的东西破坏掉！
不要动！
啊，怎么啦？
这个人应该会告诉我们。
喂，计算机母体在哪儿?!
在……在地下……
!

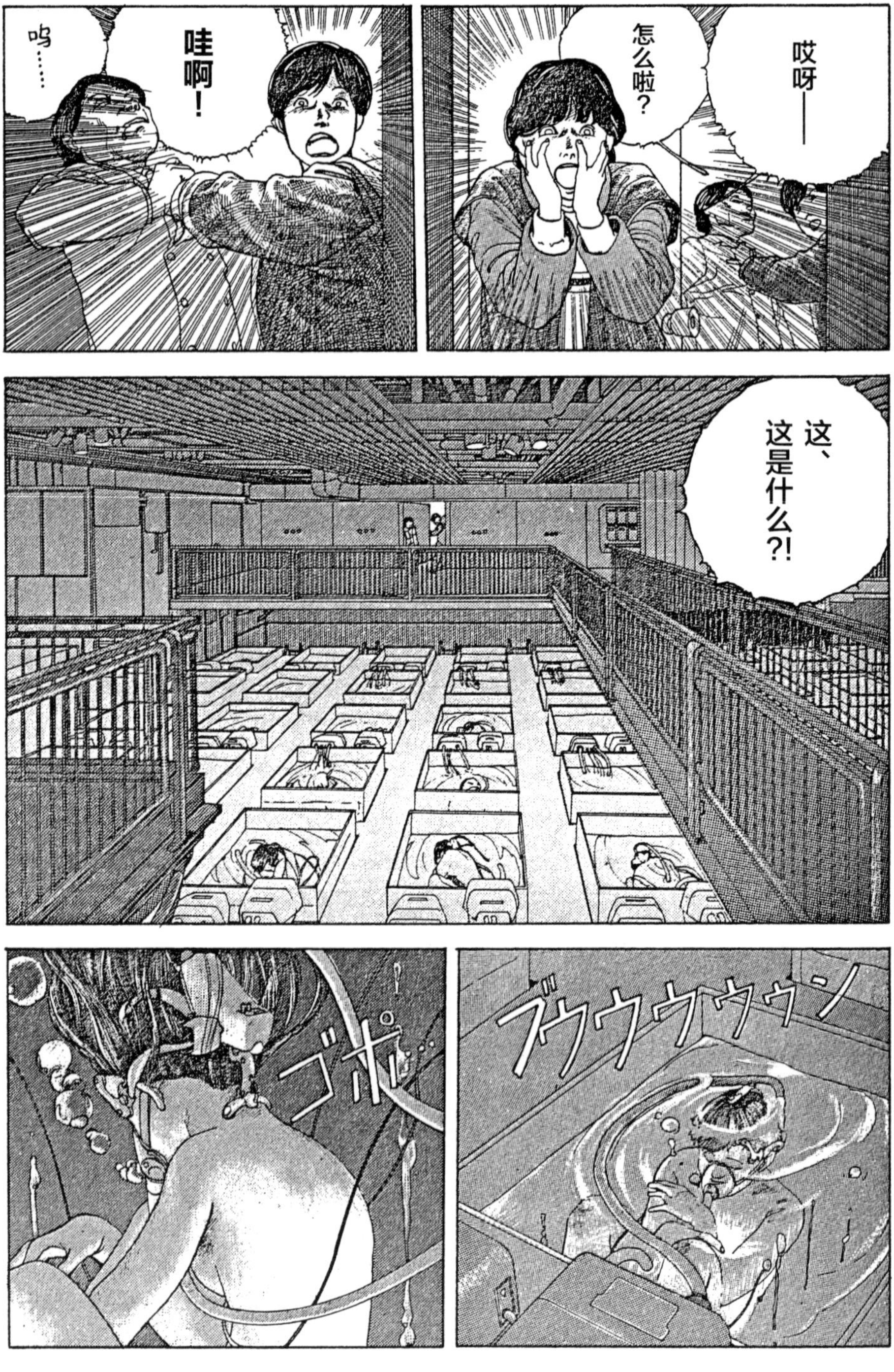
哎呀——
怎么啦？
哇啊！
呜……
这、这是什么?!
ブウウウウウーン
ゴポ

这是什么地方?!
难以……呼吸……
快说！
哇！等等！
这就是禁闭室。
你……说什么？
怎么会这样!!
这哪是关禁闭的地方！
这……里……
找到了！在那里！
哼！
救我！
放弃无谓的抵抗！
纯子！跳下去！
啊呀！

我做不到啊！
你想变成浩一那样吗！
丢掉武器，老实点！
真烦人……
快点跳下去！
快翻过去！
再送你们一发！
嘿！
快点！
哎呀，不要从下面看我。
笨蛋，说什么呢？
啊！
快，老实点！

啊！
快追！
纯子！
你没事吧？
嗯……
嗯。
ポッ
没事……

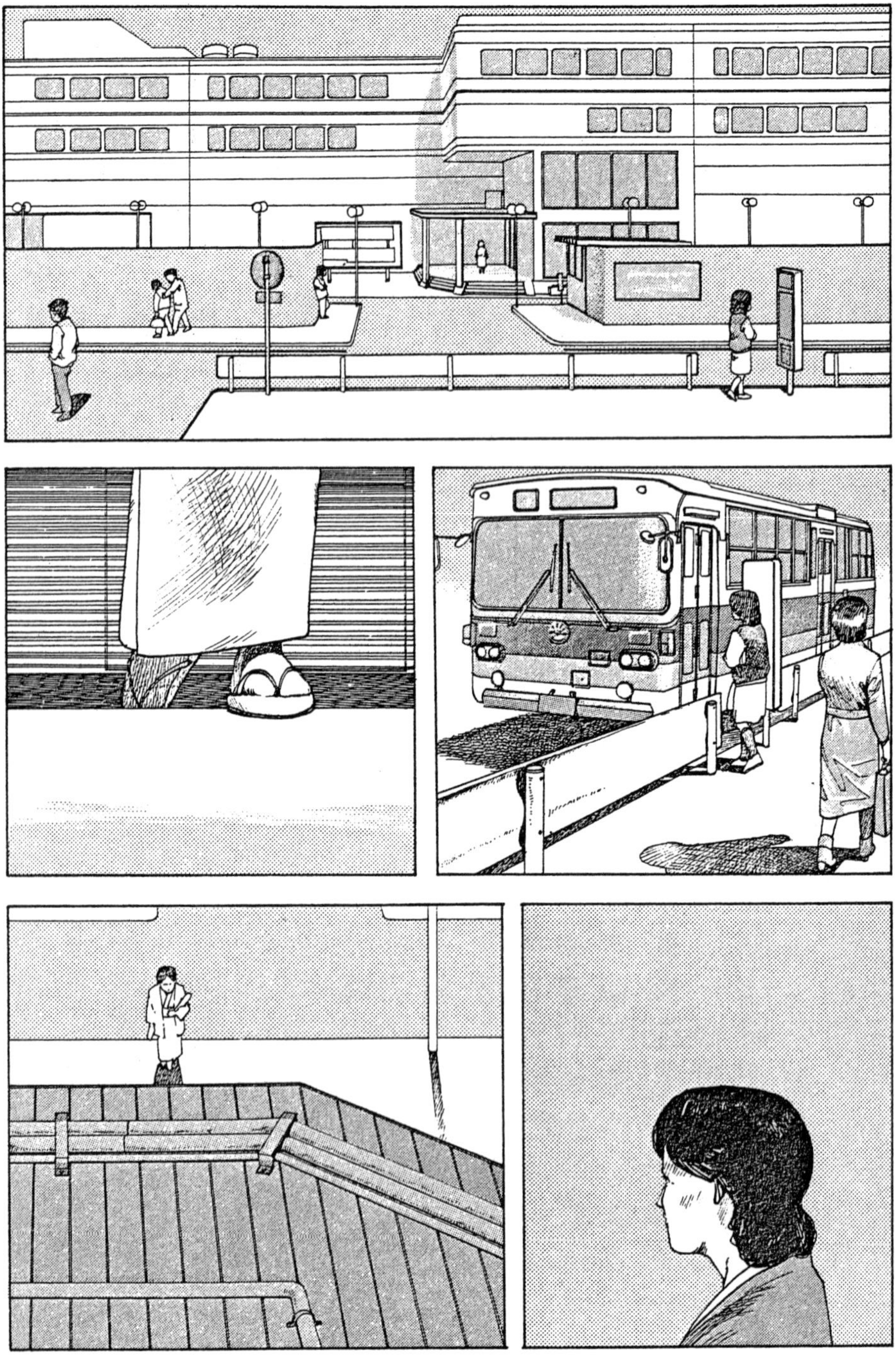

您好……请问在哪里探视？
请去三号窗口。
我是今天开始受您照顾的铃木雄一的妈妈，想要探视……
请出示卡片。
请去B馆一楼的管理室，有工作人员为您带路。

找到了吗？
不在！这小子真行，居然能侵入这里！
托他的福，这里的摄像头全都坏了。
再彻底搜查一遍！
呼！
カンカンカン
很快……就会被发现的。
你不害怕？
因为有雄一在呀。

真没眼色！
快跑！
卷帘门在下降！
什么?!
下次记得敲门。
？
哎呀！
来这边!!
呼！

到此为止了。
把枪交出来。
哼
呵呵，警卫真多。
你们不能再向前走了。
那就是说前面有计算机母体……
是吧！
好烫！
咻——
下次可不是烫伤这样的轻伤了。
把后面的卷帘门……
把枪左边的……
可是……怎么做？

说什么都没用。
区区一个机器人说什么大话！
别耍小把戏，后面的女人。
你在干什……
么？
放弃无谓的抵抗！
快走！
好！我投降！
女人，在干吗？
不要动！
再动就开枪了！

小心呀～！
哎哟。
ガシャーン
好！
要来了！
ドガッ
ガラッ

真是千钧一发……
好啦，终于……
嗯
这就是……
计算机母体啊……

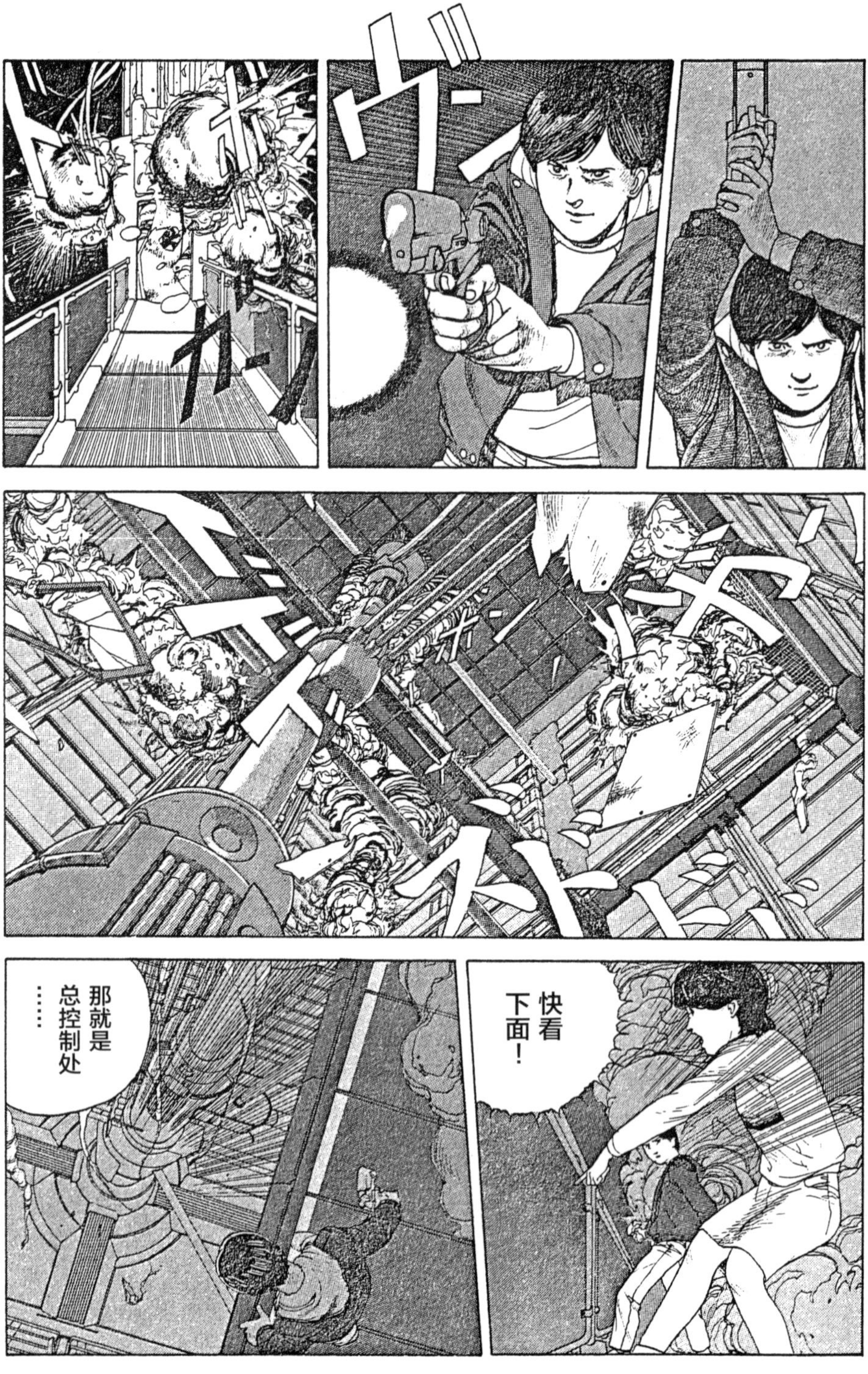
快看下面！
那就是总控制处……

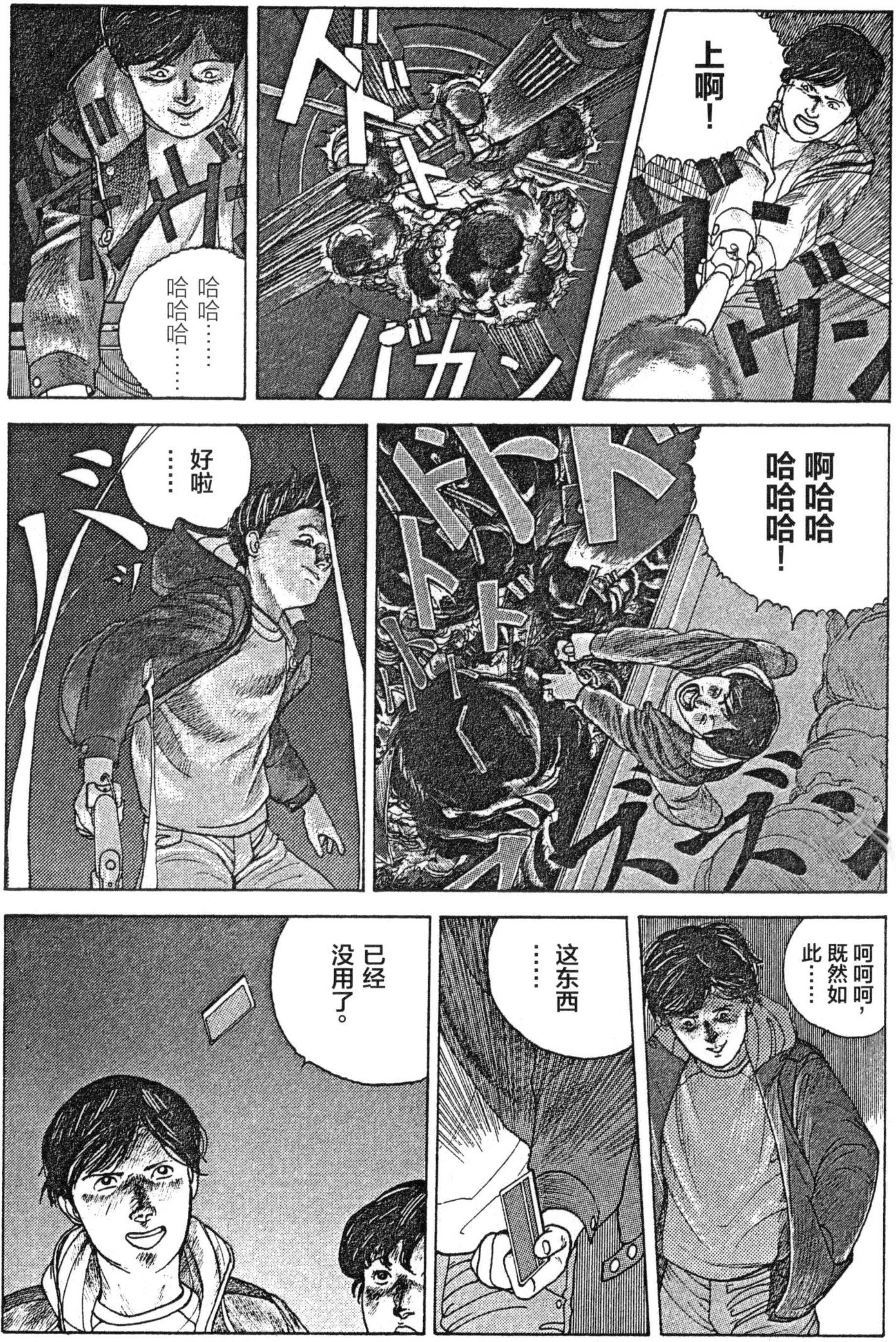
上啊！
バカン
哈哈……
哈哈哈……
啊哈哈哈哈哈！
好啦……
呵呵呵，既然如此……
这东西……
已经没用了。

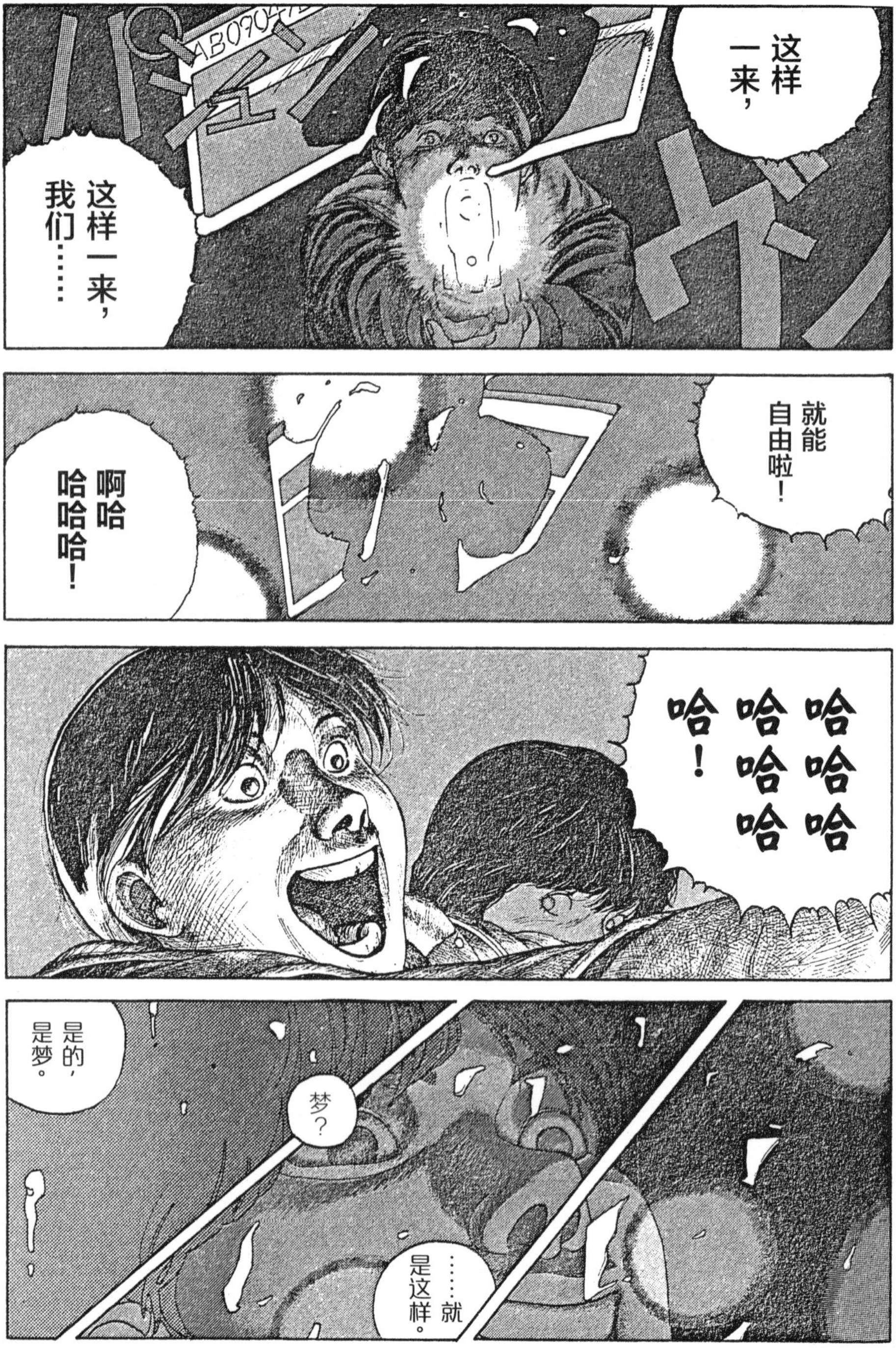
这样一来，
这样一来，我们……
就能自由啦！
啊哈哈哈哈！
哈哈哈哈哈哈哈！
梦？
是的，是梦。
……就是这样。

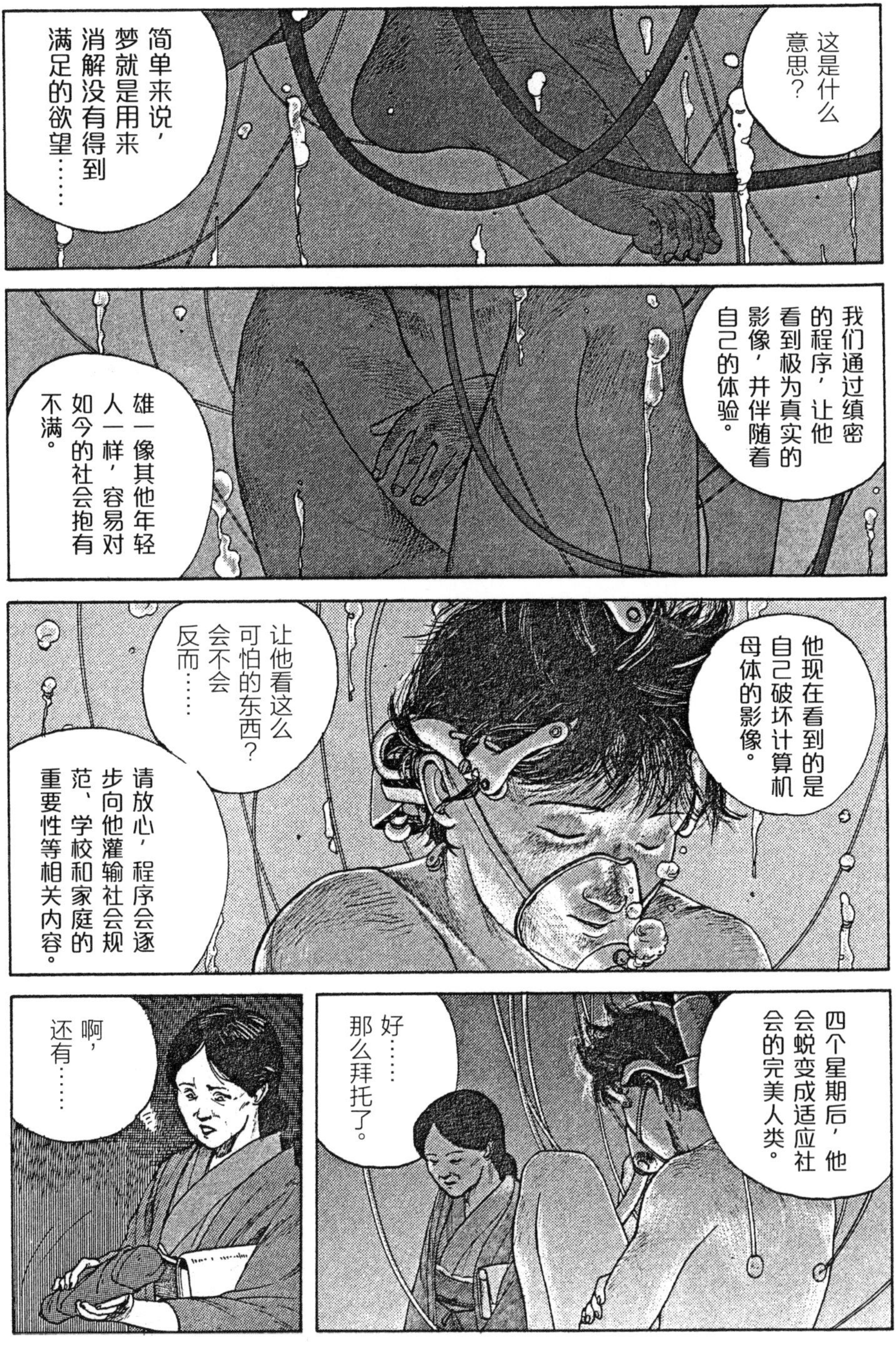
这是什么意思？
简单来说，梦就是用来消解没有得到满足的欲望……
我们通过缜密的程序，让他看到极为真实的影像，并伴随着自己的体验。
雄一像其他年轻人一样，容易对如今的社会抱有不满。
他现在看到的是自己破坏计算机母体的影像。
让他看这么可怕的东西？会不会反而……
请放心，程序会逐步向他灌输社会规范、学校和家庭的重要性等相关内容。
四个星期后，他会蜕变成适应社会的完美人类。
好……那么拜托了。
啊，还有……

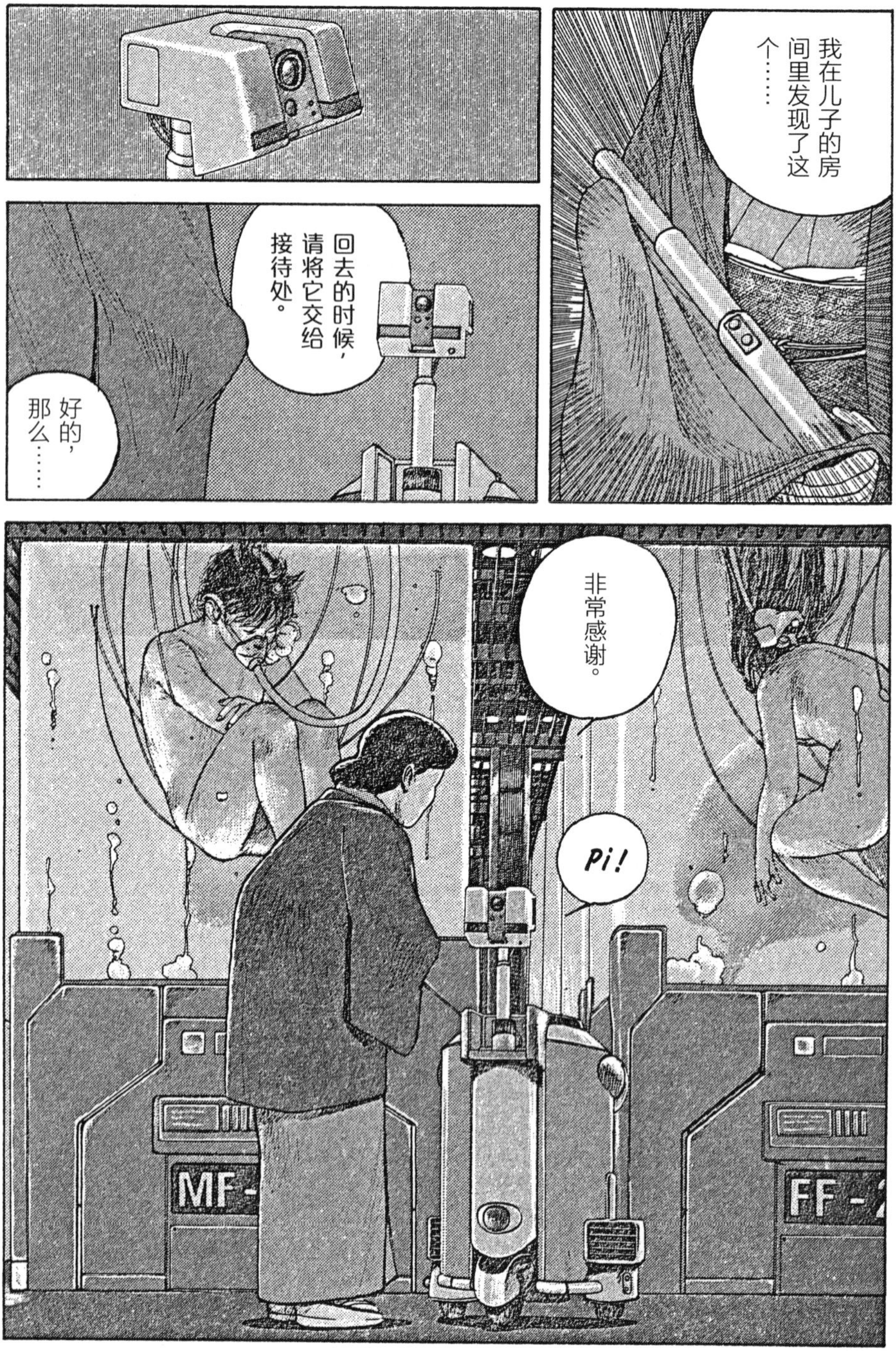

<完>

初出一览

《雕刻》（第 11 届千叶彻弥奖优秀作品 · YOUNG MAGAZINE 1985 年 No.3）

《一出闹剧》（第 13 届千叶彻弥奖优秀新人奖 · YOUNG MAGAZINE 1986 年 No.3）

《棒球小子》（YOUNG MAGAZINE 1986 年 No.12）

《惊心动魄的夏天》（YOUNG MAGAZINE 海贼版增刊 1986 年 7 月 14 日号）

《聚焦》（YOUNG MAGAZINE 海贼版增刊 1986 年 10 月 18 日号）

《今日将行万里路》（YOUNG MAGAZINE 海贼版增刊 1987 年 4 月 13 日号）

《诱拐犯》（YOUNG MAGAZINE 海贼版增刊 1987 年 6 月 8 日号）

《客人》（YOUNG MAGAZINE 海贼版增刊 1987 年 12 月 14 日号）

《妖虎》（YOUNG MAGAZINE 海贼版增刊 1988 年 3 月 14 日号）

《远足》（Hot Dog Press 增刊《AKIRA WORLD》1988 年 7 月 24 日号）

《太阳的彼方》（YOUNG MAGAZINE 海贼版增刊 1988 年 11 月 14 日号）

《圣诞钟声》（YOUNG MAGAZINE 1989 年 No.1）

《沙漠的海豚》（德间书店 COMIC BANBAN 增刊《新作！新世界 7》1989 年 No.1）

《芭蕉翁的冒险》（FASHION NATION《孩子的歌谣》1989 年 No.44）

《虏—TORIKO—》（第 10 届千叶彻弥奖优秀新人奖 · 未刊载 1984 年）

图书在版编目（CIP）数据

梦的化石：今敏全短篇 /（日）今敏著；焦阳译
.—— 北京：北京联合出版公司，2018.11（2024.1 重印）
ISBN 978-7-5596-2598-4

Ⅰ．①梦… Ⅱ．①今… ②焦… Ⅲ．①短篇小说－小说集－日本－现代 Ⅳ．①I313.45

中国版本图书馆 CIP 数据核字（2018）第 228129 号

著作权合同登记图字：01-2018-6498号

梦的化石：今敏全短篇
作　　者：[日] 今 敏 著
　　　　　焦阳 译
责任编辑：宋延涛
特邀编辑：褚方叶　陈文娟
封面设计：李照祥
版式设计：田晓波

北京联合出版公司出版
（北京市西城区德外大街83号楼9层　100088）
新经典发行有限公司发行
电话（010）68423599　邮箱 editor@readinglife.com
北京盛通印刷股份有限公司印刷　新华书店经销
字数50千字　880毫米×1250毫米　1/32　13印张
2018年11月第1版　2024年1月第9次印刷
ISBN 978-7-5596-2598-4
定价：108.00元
